ベリーズ文庫

旦那様と契約結婚⁉
～イケメン御曹司に拾われました～

夏雪なつめ

STARTS
スターツ出版株式会社

目次

旦那様と契約結婚⁉～イケメン御曹司に拾われました～

旦那様と契約結婚!?
～イケメン御曹司に拾われました～

旦那様は社長様

《恵比寿（えびす）、恵比寿です。お降りの際はお足元に気をつけて……》

アナウンスに導かれるように、電車を降りる。【恵比寿駅】と書かれた看板をくぐり駅から一歩外へ出れば、五月の空には眩（まぶ）しい太陽が輝いていた。

カップルや若い女性でにぎわう日曜日の街の中、こちらに手を振る姿を見つけた。

「杏璃（あんり）」

「あっ、結花（ゆか）ー！　ごめん、遅くなっちゃった！」

「いいよ、杏璃の遅刻は慣れてる」

駅を出た先で待っていた、腰までのロングヘアが目印の友人・結花のひと言に苦笑いして、ふたり肩を並べて歩きだす。

軽く巻いた茶色い髪と、濃いめのマスカラ、明るい発色のピンクのグロス。

そして、薄手のニットに白地に青の花柄のフレアスカート、七センチのヒールの白いパンプスを合わせたお気に入りの爽（さわ）やかコーデで歩き向かうのは、ショッピングでも映画でもない。

ずばり、私にとっての天国だ。

やってきたのは駅から徒歩七分ほどの『恵比寿ガーデンプレイス』近くにある、地下五階、地上三十階建ての大きなホテル。ベージュとブラウンのモダンな配色の建物には『ガーデンタワー東京』と書かれている。

その最上階にある、都心を一望できる広々としたビュッフェレストランには、今日もたくさんの料理がずらりと並んでいた。

「おいしそ～！」

テーブルいっぱいに敷き詰められた料理たちを、うっとりと眺める。

桜エビのサラダに濃厚なクリームパスタ、鶏肉のトマト煮とジューシーなローストビーフ。あぁ、どれもおいしそう。

よだれが出そうになるのをこらえて「いただきます」と手を合わせると、早速フォークを手にローストビーフを口に運ぶ。厚めのひと切れをぱくっと口に含むと、ジューシーな食感と肉の風味。少し酸味の効いたソースがよく絡んでいる。

「ん～っ……おいしすぎる！　最高‼」

感動しながらひと口、またひと口とお皿の上の料理をほおばる私を、結花は呆れ顔で見ている。

「杏璃……いつものことだけど、本当よく食べるよねぇ」

「だっておいしいんだもん！　それに、私は食べるために生きてるの！」

「普通、逆でしょ」

料理がのったお皿をテーブルいっぱいに並べた私に対し、結花のお皿は三枚だけ。

それが普通だとわかっている。けれど、私にとってはこの量が普通なのだから仕方がない。

私、三浦杏璃は生まれつき、超がつくほど大食いだ。

いくら食べても太らない体質なうえ、食べることも大好き。だから朝からごはん二杯は必須だし、昼から夜まで間食なしではしのげない。夕飯後の夜食も当たり前。

まさしく、〝食べるために生きている〟と言っても過言ではないのだ。おいしいものを食べるために生まれてきたのだとさえ思う。

そんな私にとってここ、都内でも名の知れたホテル、ガーデンタワー東京の名物のランチビュッフェに来るのは至福の時だ。

ここのビュッフェの特徴は、洋食とスイーツを中心にした定番メニューと、三ヶ月に一回のペースで変わるシーズンメニューと豊富な品数。食材も新鮮さと品質にこだわり、もちろん味も最高で、金額も三〇〇〇円以下とリーズナブル。

　本当は毎週通いたいくらいだ。けれど、『さすがに毎週同じところは飽きる』と結花に言われてしまい、ならばと、一ヶ月に二回、第二・第四日曜日だけと決めて通っている。

　今回のビーフ系メニューも最高。メニューの入れ替えがあるのがちょっと寂しいけど、新しいメニューがまたおいしいから通っちゃうんだよねぇ。

「はぁ……幸せ。毎日ここでごはん食べたいなぁ」

「無理無理。ただでさえ収入のほとんどが食費に消えてる杏璃が、毎日こんないいところで食事してたら生活できないって」

　うっとりしながらこぼした私のひと言を、結花は笑って一蹴(いっしゅう)する。そして「収入といえばさ」と思い出したように仕事の話を始めた。

　通っていた短大の同級生という縁で出会い、今では小さな雑貨メーカーで事務員として働く私と、大手食品卸(おろし)会社で受付嬢として働く結花。それぞれに溜(た)まった二週間分の話題や愚痴を吐き出す時間としても、このランチタイムは大切だ。

　その話の合間にも食べ続け、お皿をどんどんと空けていく。そんな時、突然周囲の空気がざわめくのを感じた。

「見て、立花社長よ」

「やっぱりかっこいい〜」

ひそひそと聞こえてくる女性客の声。一点に集中しているその視線の先に、つられて目を向ける。

見れば、そこにいるのはダークグレーのスーツに身を包んだ背の高い男性の姿だった。

ジャケットの中にはベストを着込み、紺色のネクタイをきっちりと締めた品のいい身なりの彼。長めの前髪を横に流した、綺麗な茶色い髪が爽やかだ。

さらに、無駄のない小さな輪郭に、二重の目とすっきり通った鼻筋が印象的な整った顔立ち。ぷっくりとした涙袋が女性のような甘さも感じさせる。

そんな誰が見ても〝かっこいい〟外見を持った彼が、客席の端の壁際でシェフとなにやら話をしている。

「立花さんだ。相変わらずいい男よねぇ」

結花の口から出た彼への褒め言葉を否定するように、私の眉間にはシワが寄る。

「ふん、どこが？　ちょっと見た目がいいだけじゃん。このサーロインステーキのほうが見た目も味もよっぽどいいもん」

「男と肉を比べてる時点で、あんた女子失格だわ……」

呆れたように手元のグラスの水を飲む結花に、私は『ほっといて！』と言うように、フォークで刺したお肉をばくっと食べた。

一瞬にしてこの場にいるすべての女性の視線を奪ったその男、立花玲央は三十歳にしてこのガーデンタワー東京を経営する、若きオーナー社長だ。

親が大手航空会社グループの社長で、このホテルもグループ会社のひとつ。経営の勉強のためにホテルを任されたという、俗に言う御曹司というやつだ。

見た目よし、経済力あり、社会的地位も申し分なし。そんな完璧な彼を世間が放っておくわけもなく、度々このホテルの名とともにメディアにも取り上げられている。

「でもあんなハイスペックな男がなんでまだ独身なんだろうねぇ。高嶺の花、ってやつかなぁ？」

「性格が悪いからに決まってるじゃん！　顔はいいからみんな最初は食いつくけど、その性悪さに耐えかねて逃げていくんでしょ！」

結花の素朴な疑問に対し私ははっきりと言い切って、グラスの水をグビッと飲んだ。

「誰の性格が悪いって？」

突然背後から耳元でささやかれ、心臓がギクッと音を立てる。その動揺を表すように、口に含んだ水を「ブッ！」と吹き出してしまった。

こ、この声は──。

ナフキンで口元を拭いながら、聞き慣れた声の方に恐る恐る振り向く。

そこにいたのは案の定、噂の主である彼・立花さん。

つい先ほどまでシェフと話をしていたはずの彼は、悪口を聞かれ気まずさいっぱいの私の椅子の背もたれとテーブルに手をつき、にこりと笑みを見せた。

「た、立花さん……どうも」

「どうも。性格が悪いせいで独身のままの性悪オーナーのホテルに今日もお越しいただきありがとう」

「うっ……」

だから、そういう嫌味っぽい言い方をするところが、性格が悪いんだってば！

それから結花の方を向いて「結花ちゃんも、いらっしゃい」と優しく微笑む。私はナフキンをテーブルに置くと、食べかけのクリームパスタをひと口食べる。

「今日もよく食ってるな。全種類食い尽くす勢いだ」

「そりゃあもちろん。ビュッフェは元取る勢いで食べないと！」

「とっくに元取れてるだろ。ていうか、お前だけ料金二倍にしたいくらいだよ」

周りのお客さんに聞こえないくらいの声で言うと、立花さんは笑いながら右手を伸ばし、私の口の端にそっと触れる。

その指先が拭(ぬぐ)ったのは、食べた拍子(ひょうし)についたのだろう、パスタのクリーム。彼が見せる笑みが『この食いしん坊』と言っているようで恥ずかしくなった。

立花さんは、オーナー社長という忙しい立場でありながら、日曜の昼には度々こうしてレストランに姿を現し、お客さんに顔を見せている。

テレビの取材でも取り上げられていたが、それを知ったお客さんが『あそこに行けば立花さんに会える』と通うようになったのだ。来るたびにお客さんが増えているから、立花さんも恐らくそれを狙っているのだろう。自分の人気をよくわかっているのだと思う。

そしてそのついでに、こうして私をからかうのも忘れない。

実は私がこのレストランと出会ったのも、彼と出会ったのも、空腹で倒れかけていたところを立花さんに救われた、というなんとも色気のない出来事が始まりだった。

おかげでこうして、大食いキャラをからかわれる日々。そんな仲なものだから、私には彼に対して世間の女性が抱く〝素敵なオーナー社長〟という憧れなどまったくない。寧(むし)ろ、〝すぐからかう嫌な男〟という位置付けなのだ。

「けど結花ちゃんも大変だな。せっかくの日曜日にビュッフェに付き合わされて」

ほらまた。結花の心配をするふりをして、私に対して嫌味っぽい言い方をする。

「私は彼氏が平日休みだからまだいいんですけどねー。食べてばっかりで彼氏ができる気配もない杏璃の将来のほうが心配で」

ゆ、結花、余計なことを！

確かに、彼氏はもう何年もいないし、仕事以外の時間はほとんどを、食べることかお店の新規開拓に費やしているけれど。

「いーの！　私は色気より食い気！　おいしいごはんと、それを食べるための稼ぎを得られる仕事さえあれば充分なの！」

ふんっ、と拗ねるように口を尖らせると、頭上ではまた彼が楽しげに笑う。

その顔が『寂しいヤツ』とバカにしている気がして、さらに不服そうな顔をすると、立花さんは思い出したように言った。

「あ、そういえば新作のデザートは食べたか？」

「えっ！　新作が出たんですか⁉」

〝新作のデザート〟。そのひと言に、それまで拗ねていた顔が一瞬にしてぱあっと明るくなるのが自分でもわかった。

「あぁ。今が旬の枇杷を使ったシャーベットだ。白ワインとはちみつで漬け込んである」

立花さんは私を見て笑いながら、冷凍ケースからガラスの器をふたつ取り出し、結花と私の前にひとつずつ差し出す。

それは手のひらほどのサイズのガラスの器に入ったオレンジ色のシャーベット。上に飾られたホイップクリームとミントの葉がかわいらしい。

「いただきまーす……」

シャリ、とした食感のシャーベットが口の中で溶ける。じんわりと舌に伝う枇杷の甘さとはちみつのまろやかさ、そこに白ワインの風味がアクセントになって——。

「おいしいっ‼」

幸せな気持ちで顔をほころばせると、彼の顔も嬉しそうにほころぶ。

こういう表情を見せる時は、優しい人だと思うんだけどなぁ。自分のホテルの商品を褒められたから喜んでいるだけ、だとしても。

でも、こうした彼の笑顔も、この胸に感じる幸せな気持ちも、すべてはおいしいものがつないでくれているのだ。

おいしいものは、身も心も満たしてくれる。幸せを、与えてくれる。だからそれだけがあればいい。恋人なんていらない。我慢したり、縛ったり縛られたり、そんな思いをするくらいなら、ひとりでおいしいものを食べたほうが幸せだ。

そう。だから、これでいい。私は今日も、食べるために生きていくの。


幸せなランチビュッフェから、一日明けた翌日、月曜日の朝。

「……は……？」

唖然とする私を含め、全社員十数名の目の前にあったのは、ロープで封鎖された会社とシャッターに貼り付けられた一枚の白い紙。そこには【本日を持って当社は倒産しました】と書かれていた。

「と、倒産って……倒産⁉　なんで⁉」

「社長が会社のお金を持って夜逃げしたらしいよ。今月の給料もいつ入るかわからないし、失業保険とかの手続きもどうなるんだか」

「そんな……」

先輩女性社員の話に絶望し、がっくりと膝をつく。

確かに、うちの会社は社員数、十数名と規模も小さく、年々売上も下がっていたし、前回のボーナスも大幅にカットされていた。けれど、だからっていきなり倒産なんて。

ど、どうしよう——いや、悩んでる暇はない。

とにかく急いで就活をして、再就職先を探さなくては、生活ができなくなる。失業保険もあるけれど、そんなのは一時的なものでしかないし、申請などで時間もかかるだろうから、待っていられない。

家賃や光熱費、カードの支払いもある。それよりなにより、食費がなくなる。人の数倍食べる私は、当然食費も人より多めにかかるのだ。この会社の安月給では毎月ギリギリで貯金もなかった。

そんな余裕のない生活でも、会社の居心地のよさと仕事のラクさに甘えて、転職のての字も考えなかった自分が憎い！

私はその足で求人誌と履歴書を買いに行き、早速仕事探しを始めた。

——現実はそう上手(うま)くはいかないらしい。

特別な資格もなく、短大卒業後の職歴は事務経験五年のみ。そんな、特に誇るべき点もない私のスペックでは書類審査で落とされ、何社もせっせと履歴書を送っては【残念ながら今回は】と不採用の通知が届く日々。

「はぁ〜……またダメだった」

駒込にあるワンルームの自宅アパートで、不採用を報せるメールが表示されたスマートフォンを枕元に投げ捨てると、ベッドにボスンッと倒れ込む。

思った以上に、就活って厳しい。

まぁ、そりゃそうだ。事務職を希望する人は多いし、一度勤めたら辞めない人も多い。企業だって、そんな中で雇うのなら、資格も特技もない私より、もっと秀でた人を選ぶはずだ。

わかっていても心が折れそう——。この先どうなるかわからないから無駄遣いはできないと、食事量も抑えているから尚更だ。

かといって販売員や接客業はやったことないしなぁ。飲食店なんて、つまみ食いをしないでいられる自信がない。

「つらい……実家帰ろうかな」

青森県の端にある実家はちょっと田舎だけれど、まだ両親ともに健在だ。事情を話せば受け入れてもくれるだろう。

実家でちょっとゆっくりして、向こうで就職探そうかなぁと、思い至ったところではっとする。

ダメ！　実家に帰ったら月に二回もビュッフェなんて行けない。お気に入りのレストランも、カフェも無理！　それは困る！

「くじけるな、諦めるなー！」

そう自分の頬を両手でパン！と叩くと、体を起こし気合を入れ直す。

こんな時まで自分を突き動かすのは食べ物なのかと呆れそうになるけど、それだけが支えなのだから仕方がない。

明日は確か、書類審査なしの会社で面接があったはず。【書面ではなくあなた自身を見て判断します】と、ネットの求人募集ページには記載されていた。

なんの特技もない私だけれど、直接顔を見て話せば、こちらのやる気も伝わるはず！　つまり、受かるかもしれない！

そう思うと気力がわいてくる。

「よし！　気分を入れ替えて頑張るぞー！」

そう。やるしかないんだから。がむしゃらでも頑張って、まずはこの状況を打破するんだ。

「……三浦杏璃さん、二十五歳、ねぇ」

「はい！　やる気あります、頑張ります！」

翌日。恵比寿にある、とある食品会社の一室で、スーツ姿の私は人事部の中年男性と向き合って面接を受けていた。

目の前のその顔は、渋く歪(ゆが)んでいる。ずっと履歴書の方を見ていて、こちらに目をやることはない。

けれど、それでも私は精いっぱいの笑顔を作って向かい合う。

「やる気があるって言ってもねぇ。君みたいな若い女の子、すぐ結婚だ子どもだって言って辞めちゃうんじゃないの？　困るんだよねぇ、覚えたところで辞める子多くて」

「いいえ！　予定もないですし、相手もいません！」

「みんな最初はそう言うんだけどねぇ」

若い女性というものに偏見があるのか、これまでよほど手痛い思いをしてきたのか。けれど疑わしい目を向けるその人に、そもそも私と向き合ってくれる気などないことはすぐに感じ取れた。

求人募集にあった【あなたを見て判断します】というのも、世間に対しての〝いい会社〟アピールだったのだろう。

「ていうかさ、資格とかないの？　特技とか、なにか仕事に生かせるものとか」

「え？　あー……はい、すみません」

「学生時代からその歳までなにしてきたの？　言われたことだけしかやらないような社員じゃ使えないよ」

うっ、耳が痛い。

けど我慢だ。笑顔のまま、やる気をアピールしよう。

「ちなみに趣味は？　なにかある？」

「あっ、はい！　食べることが大好きです！」

もしかしてここから話題が膨らむかもしれない。そんな期待も込めて満面の笑みではっきりと言い切る。――が。

「……へぇ」

その人から発せられたのは、短いそのひと言と、ふっと鼻で笑う声。

それ以上言葉を付け足さなくとも『こいつ、バカだろ』と言っているのが感じ取れる。

完全に、相手にされていない。はっきりとわかってしまった途端に、自分の中のやる気がガラガラと音を立てて砕け散った。

それからは、あっという間だった。

通知が届くのを待つこともなく、その場で告げられた不採用。おまけに去り際には

『まぁ、もっと役立つ人間になったらまた受けに来てよ』とまで言われてしまった。

砕かれたやる気に、突きつけられた甘くない現実。それらに呆然とするしかできず、家に帰る気力も起きない私はひとり、駅前の階段の片隅に座り込んだ。

そのままぼんやりとするうちに空はすっかり綺麗なオレンジ色に染まっていた。

「……はぁ……」

もう、ダメだ。仕事なんて見つからないし、探したくもない。面接をするたびにこんな思いをするなんてもう嫌だ。

資格も特技もないのは自分が悪いけどさ、人の好きなことを笑うのはひどいと思う！　食べることって大切なんだから！

「そろそろ家、帰ろうかなぁ」

ここにずっと居ても仕方ないし、家に帰って、観念して実家に電話しようかな。そう考えながらも、まだ座り込んだまま動けずにいる。

「おい、大丈夫か？」

突然頭上から降る声。

顔を上げると、そこには私の様子を覗き込むように見る立花さんの姿があった。

「立花、さん……？」

どうしてここに。一瞬そう思ってから、ここが恵比寿で、彼のホテルのすぐ近くだったことを思い出した。

「なにしてるんだよ、こんなところで。また空腹で行き倒れか？」

「違います。人生に挫折(ざせつ)してるんですよ」

「は？」

深いため息をこぼしながら言うと、立花さんは意味がわからなそうに首を傾(かし)げる。

けれどこれ以上事情を話して、またバカにされたりからかわれたりするのはごめんだ。その場を去ろうとそそくさと立ち上がり、スカートについた埃(ほこり)をはらう。

「とにかく、私は今必死なんです！　ほっといてください！　すごく大変で落ち込んでて、空腹なんて感じる余裕もないくらい……」

言いかけた言葉を遮るように、お腹からは〝ぐううう〜〟と音が鳴る。

「へぇ？　余裕もない、ねぇ？」

「うっ……」

なんてタイミングが悪いの、私のお腹！

呆れたように笑う立花さんに顔を赤くしてお腹をおさえる。すると彼は、突然私の腕を掴むと歩きだした。

「わっ！　た、立花さん？　なんですか？」

「来い。飯食わせてやる」

「え⁉」

ご、ごはんを？　立花さんが？

戸惑いながらも、強引なくらいの力で引っ張る彼に早足で必死についていく。

着いた先は、ガーデンタワー東京。いつもの最上階のビュッフェではなく、二十九階にあるイタリアンレストランだ。

その個室席で、丸テーブルを挟んで彼と向かい合う。それから間もなく、黒毛和牛のタリアータとトマトとバジルのフェデリーニ、海の幸を煮込んだスープ、といった豪華なメニューが私の前に並べられた。

「いいんですか？　私、お金とかありませんけど」

「あぁ。いいよ」

いつも意地悪なことばかりを言ってくる彼の突然の優しさに、なにか裏があるんじゃないかと疑ってしまう。

けれど、綺麗な焼き色がついた牛肉のいい匂いを嗅いでしまっては『いらない』とはとても言えず、フォークとナイフを手に、お肉をひと切れぱくっと食べた。

「んん〜、おいしい！　生き返る！」

「死んでないだろ」

「それくらい幸せってことです！」

　噛むたび溢れる肉汁に顔を緩めると、立花さんは水を飲み「そうかよ」と笑う。

たったそれだけのことで、つい先ほどまでの警戒心はすっかりなくなってしまった。

　はぁ、と嬉しいため息をこぼしながら、続いてフェデリーニを頬張る。

「で？　なにがあってあんなところで座り込んでいたんだ？」

「えーと、それが……」

　ごちそうになっておいて事情も話さないのは失礼だろう。そんな思いから私はここ最近のことを話した。

　会社が突然倒産したこと。再就職先がなかなか見つからず苦戦し、今日の面接もダメで心が折れてしまったこと。

「……ってわけで。だからもう実家帰ろうかなって、ちょっと諦めてます。今日の面接で言われたことも、ちょっと正解だなって思っちゃったし」

　えへへ、と空元気で笑ってみせる私に、彼は言葉の意味を問うように首を傾げる。

「〝正解〟って？」

「確かに私、これまでなにもしてこなかったんです。好きなものだけあればいいって、目先のことしか考えてなかった」

食べるために生きている。そう開き直って、向上心もなく現状で満足して、これからのことや、もしものことなんて考えなかった。

『言われたことだけしかやらないような社員じゃ使えないよ』

突きつけられたその言葉は、私の心に痛いくらい刺さって、胸を詰まらせる。

「……自業自得、です」

小さくつぶやくと、フォークを持つ手を止めた。

「杏璃」

「はい？」

不意に名前を呼ばれ顔を上げれば、目の前にはスプーンが差し出されていた。

立花さんが持つそのスプーンには白い泡のようなものがのっており、私はつい条件反射でそれをぱくっと食べた。

口に含むとふわっとした食感と濃厚なチーズの甘みが広がる。

「マスカルポーネ！」

「正解。マスカルポーネとバニラのエスプーマだ」

「おいしい～！　最高です、これ！」

一瞬にして顔を明るくした私に、彼はスプーンを置きながらおかしそうに笑う。

「お前は、笑ってへこんで忙しいな」

「すみませんね、単純で」

口を尖らせると、立花さんは「だが」と言葉を付け足した。

「お前のそういうところは嫌いじゃない。だから、いい仕事を紹介してやろう」

「え!?」

いい仕事を紹介って!?　そうだ、立花さんはこう見えてもこのホテルのオーナー社長。もしかしたら、ここで雇ってくれるのだろうか。

借りを作るのはちょっと悔しいけれど、でも今はそんなことを考えている場合じゃない。ご厚意にはとことん甘えてしまおう。

「ほ、本当ですか？　いいんですか!?」

「あぁ。喜べ、書類審査や面接等一切なしのコネ入社だ。福利厚生完備、月給はそれなり……そうだな、少なくとも前の会社よりは出す。おまけに一日三食の食事、住居も付けてやる」

「ええ!?」

なんていい条件！　これを断る理由なんてない！

「やる！　やります！　なんでもやります！」

バン！とテーブルに手を付いて立ち上がり話に食らいつくと、立花さんは笑みを浮かべたまま頷く。

「そうか。それは話が早くて助かるな」

そして部屋の入口側に立っていた側近らしき男性に「あれを」と声をかけると、一枚の書類を持ってこさせた。

「じゃあ早速、この契約書にサインをもらおうか。そしたら明日から勤務開始だ」

「はいっ！」

明日から早速なんて、話が早いのもありがたい。

すんなりと採用は決まるし条件はいいし、こんなにいい仕事を紹介してくれるなんて、いつもは意地悪だけど、立花さんって本当はいい人なんだなぁ。ちょっと見直しちゃうかも。

いい仕事が決まったという嬉しさから、渡された書類の文面もまともに読まずに、すらすらと必要事項を書き込む。

名前、住所はともかく、本籍まで書くんだ。細かいなぁ。

すべてを記入し終え、ようやく書類全体を見渡すと、ふと左上の大きな文字が目に入った。

書かれていたのは、【婚】【姻】【届】の三文字。

ん？　あれ、え？

その意味を考えているうちに、立花さんは私の手元からスッと書類を奪い、記入漏れがないかを確認する。

「あ、あの、立花さん？　その用紙に、【婚姻届】って書いてあった気がしたんですけど」

「ん？　あぁ、そうだな。婚姻届だからな」

「あー、そうですよね！　婚姻届ですもんね！　……へ？」

婚姻届って、あれだよね？　結婚する時に出す、夫婦の証明――って、夫婦!?

「ま、ま、ま、待って！　待ってください‼　なんで!?　どうして!?　私と立花さん、結婚するんですか!?」

「あぁ。よかったな、お前の性格とやる気を見込んでの即時採用だ」

「わーい、やったぁ……じゃなくて！　私は仕事を探してるって言ったんです！　結婚相手を探してるなんて言ってません‼」

一瞬流されそうになりながら、すぐにハッとして反論する。

なんで私が、立花さんと結婚なんて⁉

「別に、働いて給料をもらうなら仕事と同じだろ。下手な会社で働くよりも安泰（あんたい）だ」

「それはそうかもしれないですけど……」

だけど、結婚っていうのは好きな人とするべきもので、お金や生活のためにするなんて、あまりにも夢がなさすぎる。

とてもじゃないけれど納得できず、顔をしかめる私に、書類のチェックを終えた彼の視線が向けられた。

「俺のほうも、この歳になると周りが結婚だ見合いだってうるさくてな。ちょうどよかった」

って、そのためか！

結婚相手がいるとなれば、立花さんも周りからあれこれと言われなくなり、煩（わずら）わしさがなくなる。私は生活できるようになるし、立花さんもラクになるから互いにメリットがあるということだ。つい納得して、それ以上の反論が出てこなくなってしまう。

「まぁ、今すぐにってわけじゃない。三ヶ月は試用期間として様子見で、婚姻届を出すのはその後だ。とりあえず明日からうちで暮らしてもらうからな」

「へ⁉　う、うちでって……立花さんの家で⁉」

「もちろんだ。夫婦たるもの同居じゃないとな」

そう言ってから彼は「あぁ、そうだ」と思い出したように言葉を付け足す。

「安心しろ。結婚とはいえお前に手出しする気は毛頭(もうとう)ない。というか、そういう気にもならない」

それってどういう意味！

鼻で笑いながら言い切られると、さすがにカチンとくるものがある。

けど、いきなりの結婚に、同居なんて、そんな。あまりに怒濤(どとう)の展開に頭がついていかない。

立花さんはニヤリと意地悪な笑みを浮かべた。

「というわけで、よろしくな。嫁さん」

その表情から感じるのは、親切心や優しさなどではなく、新しいオモチャを手に入れた、とでもいうかのような彼の本心。

気づいてしまった。

もしかして、いや、確実に、私はまずい契約をしてしまったのだということ。

けれど、時すでに遅し。立花さんの胸ポケットにしっかりとしまわれる婚姻届を目で追いながら、私の背中には冷や汗がたらりと伝った。

旦那様はわかりづらい

昔から、目先のことしか考えないタイプだった。

そのせいで失業してから自分の浅はかさを悔やみ、人生を考え直そうとした矢先、また目先のことに目がくらみ、うっかり婚姻届という名の契約書にサインをした。そんな自分のマヌケさが憎い。

そう。思えばそもそも、いつも嫌味ばかりを言うあの人が、タダで親切にしてくれるわけなどなかった。

あの笑顔の裏には、なにかがあるんだ。


「ここだ……」

よく晴れた日の、朝九時。

渡された紙にあった住所をもとにたどり着いた場所で、私はボストンバッグを手に、口をぽかんと開けて驚きながら建物を見上げる。

目黒駅からバスに十分ほど揺られた先にある、閑静な住宅街。大きな家がいくつも並ぶ、恐らく高級住宅地と呼ばれるこの場所で、私の目の前にあるその家は、ひときわ目を引く。

ライトブラウンのレンガ造りの外壁に、紺色の屋根。白い格子窓や柱がアクセントになった洋館風の二階建て。

綺麗に手入れされた庭に囲まれたその建物は、真新しいというよりは少し古さを感じさせる。けれどその古さがレトロ感を漂わせていて素敵だ。

すごい、立派な家。

まるで映画やドラマに出てくるような佇まいに、惚れ惚れしてしまう。

ここが、立花さんの家。独身というからてっきりマンション住まいかと思いきや、こんなに立派な一軒家に住んでいるとは予想外だ。

恐る恐る大きな黒い門を開け、一歩中へ踏み込む。

昨日、調子に乗ってサインをしてしまった私に彼から告げられた仕事の内容は、〝立花さんの嫁〟というものだった。

立花さんと結婚して、専業主婦として家のことをする。冷静になってそんなの嫌だ、と撤回しようとしたが、彼の手には私自身が書いた婚姻届がある。それに食事も住居も用意されて、安定もついてくる。条件だけを見れば、これほどいい仕事はきっと他には見当たらない。

というわけで、結局観念して、まずは三ヶ月だけという条件で受け入れることにしたのだ。

三ヶ月間、立花さんと暮らしてみて、合わなければ即出て行く。私の作戦としては、その間に仕事を探して就職する。いわばつなぎの仕事というわけだ。

一緒に住むのは当然抵抗があるけれど……立花さんも周りの目を誤魔化すための妻役が欲しいだけのようだし、男女ひとつ屋根の下でなにかが起こるとも思えない。

『結婚とはいえお前に手出しする気は毛頭ない。というかそういう気にもならない』

昨日、彼から言われた言葉が、安心なような、ムカつくような気持ちだ。

そんな私に立花さんから渡されたのは、この家の住所が書かれた紙。

『数日分の荷物を持って朝九時までにここに来い』という言葉の通り、やってきたわけだけれど。

「ワンッ」

ひとりであれこれ考えていると、突然犬の声が聞こえた。驚いて振り向くと、いきなり目の前に大きな影が現れた。

「へ？　えっ……ぎゃっ、ぎゃーーー‼」

その影は勢いよくこちらへ飛びかかり、私はなすすべもなくそれに押し倒される。

閑静な住宅街の中で悲鳴を響かせ地面に背中をぶつけると、上に乗ったそれ――大きなゴールデンレトリーバーは、じゃれるように私の顔をベロベロと舐めた。

な、なんで犬がいきなり飛びかかってくるの。

「……なにしてるんだ、お前は」

悲鳴を聞いて家から出てきたらしい立花さんは、玄関のドアのそばで呆れた顔を見せる。

「なにって……この犬のせいですよ」

「不審者には飛びつくようにしつけてある。ノワール、こっちに来い」

「不審者!?」

ワイシャツにネクタイ、黒いベストという仕事着姿の彼が手招くと、ノワールというらしいその犬は「ワフッ」と声を出して、私から下りて玄関へと向かう。

うう、顔ベトベト。

体を起こし立ち上がる間に、立花さんは倒れた拍子に転がったボストンバッグを拾って、先に家に入っていく。

それに続くように家に入ると、そこには巨大な玄関ホールとらせん階段という、夢のような光景が広がっていた。

「お、おじゃまします……」

　豪華な雰囲気に圧倒されながら靴を脱ぎ、一歩踏み込むと、木目の床がギシ、と小さく軋む。

　そのまま彼についていくと、通されたのは玄関左手の広々としたリビング。そこからダイニング、キッチンと続いている。

「す、すごいですね。てっきりマンション住まいかと思ってました」

「知人から紹介された物件でな。少し古いが、その古さも気に入ってる。だから、まめに手入れや掃除頼むぞ」

　確かに、雰囲気あるかも。

　えんじ色の大きなソファと、部屋の広さに相応しい大型テレビ、艶やかな木のテーブル。生活感はそれなりにあるのに、この家自体が漂わせる雰囲気のせいか、違う世界に入り込んだようだ。

　キョロキョロと落ち着きなく部屋全体から天井までを見渡す私に、立花さんは思い出したように言う。

「あ、あと玄関右手の部屋だけは入るな。掃除もしなくていいから」

「へ？　あ、もしや食料庫とかですか？　心配しなくてもそこまで食べ尽くしたりはしませんよ？」

「……まぁ、そんなところだな」

立花さんは、これ以上は聞くなとばかりに、私の頭を軽くコツンと小突く。

「お前の嫁としての仕事は主に、掃除・洗濯・買い出し・必要時の俺のサポートとノワールの世話。俺の仕事には関わらなくていいし、料理は専属の調理師がいるからやらなくていい」

「専属の調理師まで……」

「二階にお前の部屋を用意してある。荷物を置いたら早速今日の掃除頼むな」

それだけ言うと、立花さんは左手の腕時計を見て、ジャケットと鞄（かばん）、車のキーを手にとった。

「じゃあ、あとは頼んだ。俺は仕事に行く」

「えっ⁉　そんなざっくりとした説明だけですか⁉」

もっと詳しく教えてくれるとばかり思っていた私は、彼を引き留めようとする。けれど立花さんは止まることなく歩きだした。

「今日から、せいぜい俺のために尽くすんだな」

偉そうなひと言と、去り際の横顔に嫌味な笑みを浮かべて。

ドアがバタン、と閉じられ、静かなリビングには私とノワールだけが残される。

な、な、な、なんて嫌なヤツ‼

『俺のために』って！　ムカつく笑顔！　あんなのが夫、というか雇い主だなんて悔しい！　誰があんな男のために働くか。私はお給料のために、食費のために働くんだから。

ふんっと鼻息荒くボストンバッグを持ち上げ、とりあえずその自分の部屋とやらに向かおうと、二階へ向かった。

らせん階段をのぼった先には長い廊下があり、左右にいくつものドアが並んでいる。

私の部屋ってどれだろう。

とりあえず、と目についた一番手前のドアを開けてみる。小さな部屋の中には、ベッドやテーブルなど最低限の家具が用意されていた。恐らくここが私の部屋なのだろう。見れば部屋にはトイレと浴室までついている。

これって、今まで住んでいたワンルームのアパートと大差ないかもしれない。

見れば見るほどすごいなぁ、と感心しながら、どうやらここは住み込みの家政婦さんが使っていた部屋なのだろうと気がついた。

ていうか、掃除に洗濯って、嫁という名の家政婦代わりなんじゃないの？

そうか、きっと家政婦さんがなんらかの事情で辞めてしまったのだろう。ついでに立花さんは周囲から結婚を急かされるのが煩わしくて。そこに、彼氏がいないどころか仕事までなくなった私が現れて都合がよかったってわけだ。

どこまでも立花さんの手のひらで転がされているようで、悔しい。

悶々とした気分で室内を見渡すと、テーブルの上の一冊のノートに気づいた。

「ん？　ノート……？」

ぱらぱらとページをめくると、そこにはこの家での家事の仕方が美しい文字で書かれていた。恐らく前の家政婦さんが、次に働く家政婦さんのためにまとめておいたものなのだろう。一日の流れから掃除や洗濯の際のポイントなどが事細かに記されており、顔も知らない彼女の丁寧さがうかがえた。

キッチンの汚れを落とすコツや、立花さんがお気に入りの洗剤の種類まで書いてある。すごい。

これがあれば、一気に仕事がしやすくなりそう。〝立花さんのために〟働くっていうのは気にくわないけれど。

でもこれで前の会社よりお給料くれるって言っていたよね。本当かな。

もしかして、嘘つかれた？　騙されてるのかな。ことあるごとにケチつけられて減給されたりするかも。

そうだ、なにか裏があるに決まってる。

あの黒い笑みを思い出すと疑わずにはいられない。

「……はぁ。とりあえず掃除始めるか」

疑わしいけれど、文句を言うのは仕事をしてからだ。

気を取り直して部屋を出て、まずはこの家の間取りを把握しようと一階から順にぐるりと建物内を見て回る。

玄関左手には、先ほど最初に入ったリビング、ダイニング、キッチン。その部屋の隅には、ノワール用の大きなケージがある。といっても基本は放し飼いのようだけど。

そして玄関の右手側、手前のドアは先ほど立花さんが『入るな』と言っていた部屋で、その奥にはトイレや脱衣所、浴室がある。おまけにウォークインクローゼットもあり、広い部屋にずらりと並んだスーツやシャツは圧巻だ。

二階に上がれば、左手前が私の部屋。その向かいは、立花さんの書斎だろう。壁面の大きな本棚にはずらりと本が並び、窓際に置かれたアンティークのデスクには、デスクトップパソコンと書類が無造作に積み上げられていた。

そして、書斎の隣には――。

ガチャ、とドアを開けて中を覗く。大きな窓から日差しが照らす明るく広々とした室内には、キングサイズのベッドが置かれていた。

寝室まで勝手に入っていいのだろうか、と一瞬躊躇いながらも、入らなければ掃除もできないかとそのまま一歩踏み込む。

ベッドの横に置かれた白いチェスト、背の高いガラスケース、窓際に飾られた観葉植物など、一つひとつがどこか気品ある雰囲気を漂わせている。

レトロ、アンティーク、ロマンチック。なんていえばいいか、わからないけど。

今まであのホテルでしか接点がなかった彼の日常の景色を見て、立花玲央という人がいっそう遠く感じられた。

別世界の人、だ。

心の中で小さくつぶやいた、その時。一階からガチャ、とドアが開く音がした。

ん？　誰か、来た？　ノワールは犬だからドアは開けられないだろうし、もしかして立花さんが忘れ物でもして戻ってきたのかな。

階段をおりて、一階へと戻る。

「立花さん？　忘れ物ですか……」

リビングを覗き込むと、部屋の奥にあるキッチンには、初老の男性の姿があった。包丁片手に、なにかを物色するような鋭い目つきで、キッチンの棚を開けているその人はどう見ても強盗だ。

「ぎゃっ……ぎゃーーー‼　泥棒！　強盗ー‼」

「えっ⁉　いや、あの……」

「警察！　あっスマホ、部屋に忘れてきた！　だっ誰か！　誰か来てー‼」

パニック状態で悲鳴を上げる私に、その人は「違います！　違うんです！」と慌てて包丁を置いた。

もちろんそんな言葉を信じられるわけもなく、ますますパニックになっていると、どこからか出てきたノワールがその人を見つけた途端にシッポを振って、大喜びで駆(か)け寄っていく。

「あっ、ノワール⁉」

その人の足元にすりすりと顔をくっつけ、すっかり懐(なつ)いている様子のノワール。

「へ……？」

そういえばさっき立花さん、ノワールは不審者にはとびつくようにしつけてあるって言ってたっけ。

そのノワールがおとなしく懐いている、ということは。

「強盗じゃ……ない？」

「はい、驚かせてすみません」

きょとんとしている私に、そのおじさんは鋭い目つきを困ったような笑みに変えて、物腰柔らかく謝る。

「こちらで調理師として働いております、長谷川と申します」

「長谷川、さん……あっすみません！　私てっきり勘違いして！」

「いえいえ、無理はありませんよ。ノワールのごはんの準備をしようとしていたのですが、怪しかったですよね。おまけにこんな人相で」

この人が調理師だったんだ。あっ、だから包丁を！

思いきり悲鳴を上げてしまった自分が恥ずかしくて、ぺこぺこと深く頭を下げると、長谷川さんは責めることなく笑って許してくれた。

「新しい家政婦さんですか？」

「あー……はい、そんな感じです」

自ら『立花さんの嫁です』なんてとてもじゃないけれど言えなくて、〝家政婦さん〟という言葉を否定せずに頷く。

まあ、私の立場じゃ大差ないしね。

「三浦杏璃です。よろしくお願いします」

「杏璃さん、ですか。前のお手伝いさんとまた違ってびっくりしちゃいますねぇ」

痩せ型の締まった体に、真っ白なエプロンを身につけた長谷川さんは、顔に深いシワを寄せて笑う。

「前のお手伝いさんって、どんな方だったんですか？」

「私と同じくらいの歳の女性でしたよ。長いこと玲央坊ちゃんの元で働いてらしたんですが、遠方の娘さんと同居することになったと退職されました」

長谷川さんと同じくらいの歳、ということは六十前後だろうか。そっか、あの丁寧なノートは、その人が残していってくれたものだったんだ。

ていうか〝玲央坊ちゃん〟って、ちょっと面白いかも。長谷川さんから見れば坊ちゃんなのかもしれないけれど、聞き慣れないその響きににやけそうになる口元をこらえた。

「ですが玲央坊ちゃんが若い女性を選ばれるとはまた意外……『若い女は私情をはさむから嫌だ』とおっしゃっていたのに。あ、もしや坊ちゃんと恋仲で？」

「は!?　いや、ないない！　ないです！　絶対ないです！」

定する。

いや、まぁ結婚相手としてこの家に来たわけだから間違いではないのだけれど、お互いに気持ちはないわけだし、と心の中でつぶやいて、頬を赤らめながらも慌てて否定する。

「すぐ意地悪なこと言うし、ここでお世話になるようになったのも、なりゆきというか仕方なくというか……」

そんな私の反応に、長谷川さんは白髪交じりの眉を下げて、柔らかな笑顔を見せる。

「坊ちゃんは素直ではない方ですからねぇ。ですが、本当はとても心のお優しい方なんですよ」

「そう、なんですか？」

心が優しい？

その言葉の意味を問うように首を傾げると、長谷川さんは言葉を続けた。

「私は以前、恵比寿の小料理屋で調理師として働いていたのですがね。足を悪くして長時間立つことができなくなってしまって、解雇されてしまったんです」

「えっ！」

「路頭に迷いかけていた私を『家に調理師が欲しかったところだ』と雇ってくださっ

たのが、昔からその店によく来てくださっていた玲央坊ちゃんでした」

　立花さん、が。

「ノワールもそう。もらい手がいなくて処分されかけていたところを玲央坊ちゃんが飼うとおっしゃったんです」

　言いながら長谷川さんが頭を撫でると、ノワールは嬉しそうに目を細めて「へっへっ」と舌を出す。それはまるで話の内容を理解しているかのようで、笑顔で頷いているようにも見えた。

「まだ料理人を続けたいと思っていた私に、新しい道をくださった。ノワールにも、希望をくださった。言葉にはっきりとは表さなくとも、玲央坊ちゃんはあたたかいお方です」

　そう、だったんだ。

　それを聞いて、ふと気づく。私に対してのことも、裏なんてなくて、彼の純粋な優しさだったのかな。

『いい仕事を紹介してやろう』

　もしかして、彼が最初から〝嫁として〟と言わなかったのは、私が意地を張って断ってしまうことが読めていたからかもしれない。

だからこそ、上手い言葉を使って、わざと断れない状況を作って、私に新しい道をくれたのかもしれない。

なんて、プラスに考えすぎかも。

だけど、長谷川さんのその笑顔を見たら、そう思えてしまって。少しくらいなら、好きなもののためばかりじゃなく、立花さんのために働いてみようかなって。そう、思えた。

それから長谷川さんは、ノワールのごはんに加えて私の分の昼食も作ってくれ、夕食の準備もしたのちに帰っていった。

『玲央坊ちゃんをこれからよろしく』と優しい笑みを浮かべて。

家のことを把握するのと掃除だけで一日を終えてしまい、時刻は二十二時を迎える頃。

「お、おかえりなさい！　お食事、長谷川さんが用意してくださっております。それとも先にお風呂になさいますか？」

帰ってきた立花さんを、精いっぱいの笑顔と丁寧な言葉で出迎えると、目の前のその顔は目を丸くして驚きを見せた。

「な、なんだよ、お前……どうした」

どうしたって！　どういう意味！

一度は丁寧に接したものの、まさしく〝ドン引き〟という表現がとてもよく合うほど気味悪そうに顔を歪めた立花さんに、つい強く言い返しそうになってしまう。

けれどそれをぐっとこらえて、私は咳払いをして心を落ち着かせた。

「……わ、私は今日から一応嫁になったわけですから。少しは嫁らしい態度をしようかと思いまして」

けれどそんな私のなにがおかしかったのか、彼は「ブフッ」と吹き出す。

わ、笑う⁉　このタイミングで⁉

「なっ！　なんで笑うんですか！　人がせっかく態度を改めようとしてるのに！」

「あぁ、よかった。そっちのほうがお前らしい」

しまった、素が出た！

ハッとするもののすでに遅く、立花さんはそんな私を見ていっそうおかしそうに笑った。

く、悔しい。

せっかくの丁寧な態度を軽くあしらわれ、悔しさで頬を膨らませると、彼は靴を脱ぎながら、私の膨らんだ頬を指先でつまんで潰す。

「かしこまるなよ、普通でいい。あとその〝立花さん〟っていうのもやめろ。なんか堅苦しい」

〝立花さん〟じゃなくて？

「じゃあ……〝玲央坊ちゃん〟で」

「それはやめろ」

本人もこの歳でその呼び名は恥ずかしいのだろう。即否定し、頬から手を離す。

「玲央、でいい」

「玲央……さん」

初めて口にするその名前に、彼は口角を上げ、少し嬉しそうな笑みを見せる。何度も見ているはずの表情なのに、どうしてか胸が、ドキ、と小さく音を立てた。

すると彼は、なにかに気づいたように辺りを見渡す。

「家の中、ちゃんと掃除してくれたんだな。綺麗だ」

「もちろんです。前の家政婦さんの残してくれたノートを見ながら頑張りましたよ！」

「そうか。頭に埃までつけてご苦労さん」

そう言って、彼の指先が私の髪にそっと触れる。

え！　埃!?　不意に近づく距離が少し恥ずかしくて、赤らむ頬を隠すように目線を下に向けるけれど、少し高い位置にある彼の顔が笑みを浮かべ続けていることは簡単に想像できた。

「お前、夕飯は食ったか？」

「あ……はい。けど、長谷川さんが作り置きしてくれたスープでも飲もうかなって思ってたところで」

「そうか。ならちょうどいい、一緒に食うか」

それは、少し意外な提案だった。彼のことだから、食事くらいはひとりで静かに、と言い出すと思っていたから。

私は意外に思う気持ちを隠せず問いかけた。

「ご一緒してもいいんですか？」

「そりゃあもちろん。夫婦だからな」

立花さんはそう言い切るとリビングに向かっていく。

〝夫婦〟その言葉の響きにはまだ慣れないし、慣れる日が来る気もしないけれど、一緒に食卓を囲める人ができたことは、なんだかちょっと嬉しい。

つい口元を緩めにやけてしまいながら、私も彼の後を追うように歩く。その足取りは、今朝ここへ来るまでと比べて、明らかに軽くなっていた。

食べるために生きている。そう思ってばかりいたけれど、それ以外にも大切なものが、ここにはある気がした。

そんな、新しい日々の始まり。

旦那様は嘘をつく

ぼんやりと、夢の中で思い出すのは彼と初めて出会った日のこと。

ガーデンタワー東京ではブライダルも行っており、一年ほど前のその日、私は友人の結婚式に参列するため、ホテルを訪れていた。

彼女は短大時代に結花と並んで仲がよかった友人のひとりで、そんな仲間の式とあらばと、私も結花もあれもこれもと手伝った。

挙式前には受付を手伝い、披露宴では余興で踊り、二次会では進行を買って出た。

『あれもこれも任せてごめん』と彼女は謝っていたけれど、純粋に嬉しかったから張り切ってしまった。

そう、一日中まともにごはんを食べることすら忘れて。

普通の人なら『お腹ぺこぺこ～』で済むだろう。けれど、普通の人以上に空腹感を感じるこの体は、夜に解散した時にはもう体に力が入らないほどになってしまっていた。

お腹が空いた。空きすぎて気持ち悪い。

視界までぐるぐるとしてきてしまって、私はひとり、ホテルの廊下の端でうずくまることしかできなかった。

『お客様、大丈夫ですか?』

そんな時、声をかけてくれたのが、玲央さんだった。

『どうかされましたか?　具合が悪いようでしたらあちらで……』

『い、いえ……大丈夫、です』

『そうおっしゃいましても、顔色が真っ青ですよ』

丁寧な言葉遣いから、彼がこのホテルの人だということはすぐにわかった。けれど、フロントの人にしては制服を着ていないし、偉い人なのかな、でも若いなぁ、なんてことを考えながら立ち上がろうとした。

その瞬間、足に力が入らずよろけてしまい、彼はとっさにそれを受け止めた。

『す、すみません……ありがとうございます』

『いえ……お客様、失礼いたします』

失礼いたしますって、なにを?

そう思った瞬間、突然彼は私を抱き上げる。

人生で初めてされたお姫さま抱っこ。驚き戸惑う私を気に留めるでもなく、彼はそでしょう？』

のまま体を運んでくれた。

『あちらのお部屋でお休みください。今日一日ずっと動いてらっしゃって疲れましたでしょう？』

『え……どうして、知って？』

『何度か姿をお見かけしてましたから』

そう小さく微笑んでくれる、その優しさに、胸はドキ、と音を立てた。

――が、実際鳴った音は、〝ぐうううぅ～〟という私の空腹を知らせる音。当然それは彼にも聞こえたようで、一瞬驚き固まり、私の顔色が悪い原因を察したらしいその顔がひきつった。

『す、すみません……！』

あぁ、くだらないとか無駄な心配させやがってと思われるかもしれない。怒られるかもしれない。そんな不安と恥ずかしさに顔を青くも赤くもさせる。

けれど、私を抱き上げたままの彼から発せられたのは「プッ」という吹き笑い。

『へ？』

『すみません、いや、予想外すぎて……空腹って！　あははは！』

『なっ！』

よほどおかしかったのだろう。最初はこらえていたものの、最終的には声を上げて笑いだした彼に私の顔は真っ赤になる。

『でも具合が悪いみたいじゃなくてよかった。健康的でなによりです』

呆れることも怒ることもせず、思わず素の顔を見せながらそう微笑んでくれた、そのあたたかさに安心した。

それから彼は、私を控え室に連れていき、レストランの人に頼んで大きなオムライスを用意してくれた。

それはとてもおいしくて、あっという間に完食してしまう。しかし、『お会計を』と言うと、彼は首を横に振った。

『うまそうに笑って食べてくれたから、それでいいですよ』

このホテルに、ビュッフェランチがあると知ったのは、その後の話。最初はお礼の気持ちで行ったけれど、あまりにもおいしくて、そのうちお礼など関係なく通うようになっていった。

最初から、そうだ。

『相変わらずよく食うな』

からかうような言葉の合間に笑顔を見せる玲央さんには、いつも小さな優しさが漂っていた。

「よしっ、綺麗になった！」

窓から涼しい風が入り込む朝、私は泡のついたスポンジを片手に、まくり上げた袖で汗を拭う。

汚れひとつなくピカピカと輝く、大きな白い浴槽や壁、蛇口や窓際。それらをぐるりと眺め、達成感に包まれる。

玲央さんの家で暮らすようになって一週間。もともと家事が苦手ではない私は、それなりに家のことをこなせるようになっていた。

基本的には家にひとりか、長谷川さんといるか、玲央さんといるか、ということばかりだから気楽だし、家事さえ終われば自分の時間が持てるし、間食もできる。

長谷川さんが毎日作ってくれるごはんもとてもおいしいし、私の食欲を知って多めに作ってくれるのもありがたい。

この家で過ごすことにもちょっと慣れてきて、環境も条件もいいとは思う。

見た目はレトロな洋館だけど、浴室やトイレは最新モデルが入っているから快適だしね。

「玲央さんそろそろ帰ってくるかなー」

思い出したようにつぶやきながら、浴室の給湯器のパネルを見ると、十時二十六分と表示されている。

昨日、仕事に行った玲央さんは、なんでもトラブルがあったとかで、昨夜『今夜はこっちに泊まる』と電話があったきり、この時間まで帰ってきていない。

長谷川さんに聞けば、ホテルという、休みなく稼働（かどう）している施設の経営上、急に泊まり込みになることや休みがなくなることは珍しくないらしい。

オーナー社長って大変なんだなぁ。

そんなことを考えながらスポンジを置くと、ガチャ、と脱衣所のドアが開く。

「杏璃？　いるのか？」

「あっ、玲央さん。おかえりなさい」

ちょうど帰ってきたところらしい玲央さんは、私の姿が見えないことを不思議に思って探しに来たようだ。

「風呂掃除してたのか」

「はい。見てください！　ピカピカですよ！」

「当たり前だ、それもお前の仕事だからな」

確かにそうだけどさ。でも少しくらい褒めてくれてもいいと思う。

ふて腐れたように口を尖らせ、シャワーで手についた泡を流した。

「あ、長谷川さんがごはん作り置きしてくれてますけど、食べますか？　食べるなら今、あたためますよ」

「それくらい自分でやる。お前は掃除の続きしてろ」

そう言うと、なにかに気づいたように、私の顔に視線を留め、こちらへ近づいて手を伸ばす。

「鼻に泡、ついてる」

指先がそっと鼻に触れ、泡を拭う。

体温が低い彼の冷たい指先が突然触れて、思わず「ひゃっ」と間抜けな声が出た。

それを聞いて、玲央さんはふっと笑う。小さな笑みがちょっとかわいい。

「飯食ったら少し寝るから。夜になったら起こしてくれ」

「……はーい」

脱衣所を後にする彼の後ろ姿を見ながら、鼻先に残る冷たい指先の感触を確かめた。

なんだかちょっとくすぐったい。

これまでホテルで行き会う程度だった玲央さんと、こうして同じ屋根の下、主人と使用人として暮らすようになったけれど。玲央さんは朝出ていって夜に帰宅、食事、入浴を素早く済ませ寝てしまう。毎日その繰り返しだから、正直あまりゆっくり顔を合わせることはない。

そんな生活なものだから、最初は男女で同じ屋根の下で暮らすなんてと思っていたけれど、警戒心を感じるようなことも、ドラマのような甘い出来事もない。

初めに言っていた通り、彼は私に女性としての興味は一切ないらしい。安心なような、女性としてはどうかと思うような、複雑だ。

でも、玲央さんと過ごすほんの短い時間は、とても居心地がいい。

「今日のお昼ごはんはなんだろうな～」

浴室掃除を終え、お昼のメニューを想像しながらリビングに戻った。そこにはすでに玲央さんの姿はない。シンクに置かれた食器から、食事を終え部屋で寝ているのだろう。

ソファには、脱いだワイシャツと靴下が無造作（むぞうさ）に置かれている。

「……これくらい自分で脱衣所に持っていってよ」

もう、と少し呆れながら、それらを手にした。

一緒に生活をするうちに気づいたのは、彼にも意外とだらしない一面があるということ。脱ぎっぱなしや、置きっぱなしが多々見受けられるのだ。

外でしっかりしている分、家の中では気が抜けちゃうのかな。

そう思うと自分だけが知っている一面にも思えて、不思議と嫌な気持ちにはならない。なんて、単純かも。

でも、お手伝いさんがいなかったら家中ひどいことになっていただろう。こんな広い家、たまの休日に自分で掃除する気になんてなれなかったと思うし。

そこまで考えて、ふと思う。

なんで、一軒家に住んでいるんだろう?

ひとり暮らしなら大体がマンション住まいだろう。ましてやまだ若く、しかも普段は仕事で忙しく家でゆっくりする時間も短いのだし。

気に入ったから、って言ってたけど、それで家を買うお金持ちの考えってよくわからない。

そう考えながら、リビングの床でくつろぎ眠るノワールの前を通り過ぎ、脱衣所へ向かって歩きだす。

するとふいに目に入ったのは、玄関の右側にある閉じられたままの茶色いドアだ。

「……そういえば、この部屋ってなんなんだろ」

玲央さんが『入るな』って言うから、ドアも開けず、掃除もしていない。というか存在自体忘れていたけれど、よくよく考えれば、気になる。

これだけ自由に仕事を任せる彼が、この部屋だけを見ることすら禁止する理由。つまり、見られたくないものがあるってことだよね。

見られたくないものって、なんだろう。

実はオタク趣味でフィギュアや模型、ポスターが敷き詰められているとか？　爬虫類や虫を隠れて飼っているとか？　いや、それともまさか、大量のいやらしい本とか、DVDとか？

「……それはそれで、気になるかも」

別に玲央さんの性癖を知りたいわけじゃないけど、隠すほどとなると、どんなものなのか気になってしまう。

私は手にしていたワイシャツを脱衣所に置くと、辺りを見回し玲央さんがいないことを確認する。それからごくりと唾を飲み、丸いドアノブに手をかけた。

ちょっとだけ、ちょこっとだけ——。

「おじゃましまーす……」

小声でつぶやき、音を立てないようにそーっと中を覗き込んだ。

すると、その先に広がるのは天井が高い、真っ白な壁の部屋。

部屋の真ん中には、漆黒(しっこく)のグランドピアノが置かれており、それを囲むように壁際に置かれた背の低い棚にはたくさんのCDやレコード、本が並べられている。

「すごい、立派なピアノ……」

ピアノへ視線を向けながら室内を歩くと、足元に落ちていた紙を踏んでしまい、くしゃっと音を立てた。

「わ、踏んじゃった」

慌てて拾い上げるとそれは楽譜だった。よく見ると、床には十数枚もの楽譜が散乱している。

なんでこんなに散らばっているの？

不思議に思いながらも、それを一枚一枚拾い集めながら部屋の中へと進む。少しこもったような、埃っぽい空気が立ちこめている。締め切られていた窓を開けると、外の爽やかな風が部屋の中に吹き込んだ。

いい風。日当たりもいいし、真っ白な壁が余計な気持ちを払ってくれる。けれど、こんなにいい部屋をどうして隠しているんだろう？

この立派なピアノも、閉じたままの屋根には埃がかぶり、まったく使っている様子がない。部屋を隠している、というか、隠していたのはピアノのほうだった？

もったいないけど、壊れてるとか使えないものなのかな。

鍵盤の蓋をあけ白鍵をひとつ押す。ポーン、とグランドピアノ特有の、重みのあるドの音が静かな部屋に響き渡った。

「綺麗な音……」

私も中学生までピアノを習っていたけれど、グランドピアノはおろかアップライトピアノすら買ってもらえなくて、小さな電子ピアノで練習していた。といっても中学校に上がって部活とかを始めたらだんだん通うのが億劫になって辞めちゃったんだけど。

十年以上弾いていないのに、鍵盤に手を添えるとどことなく覚えているもので、久しぶりに弾きたいかも、と好奇心が湧き上がる。

あ、そうだ。

先ほど拾った楽譜を見ながら、ゆっくりと鍵盤に触れてみる。

楽譜に書かれた曲名は『ゴルトベルク変奏曲　アリア』。言わずと知れた音楽家、バッハの有名な曲だ。

かろうじて楽譜は読めるけれど、久しぶりに弾くと、やっぱり難しい。

ぎこちない手つきとは裏腹に、そのピアノの音色は、澄んだ美しさの中にしっかりとした重さを持ち、部屋の中をあっという間に埋め尽くした。この部屋の空気と、ピアノの音。それらに包まれるようで、心地いい。

穏やかな気持ちでピアノを弾き続けていると、突然バン！とドアが開く。

「わっ！」

荒々しい音に、はっと我に返り手を止めると、寝起きらしい玲央さんが立っていた。ボタンの三つ開いた、シワのついたワイシャツを着て。

はっ！　そうだ、この部屋には入らないよう言われていたんだった！

「れ、玲央さん、すみませ……」

「触るな」

「え？」

いつものように『だからお前は』と呆れた顔で叱られるのだと思っていた。けれど、そのたったひと言で、彼の様子がいつもと違うとわかった。

「ここには入るなって言っただろうが。今すぐ出ろ」

「けど、あの……」

「言われたこと以外、勝手なことをするな。……それにも、触るな」

玲央さんは抑揚のないトーンではっきりと言い切ると、冷ややかな目を逸らし足早に部屋を出ていった。まるで、この部屋の空気に触れることすら拒むように。

謝ることも、言葉を挟む隙すら与えてくれなかった。ほんの一瞬で感じ取れる。怒らせた、ということ。

〝怒ってる〟とか〝ムカつく〟とか、玲央さん自身がそんな言葉を使わなくても、はっきりと伝わってきた。そんな彼を呼び止めることもできず、私はそっと、ピアノの蓋を閉じた。

いつもの雰囲気と全然違う。嫌味のひとつも言う気にもならないくらい、怒ってる。だからって、あんなにきつく言わなくてもいいじゃない。ちょっと触っただけなのに。

心の中で言い訳をしながらも、本当はちゃんとわかってる。

勝手に触れた、自分が悪いこと。

「……はぁ」

ピアノの一件から数時間後。夕陽の沈みかける空の下、私の姿は立花家の裏庭にあった。

勝手口を出たところに置かれていた、低い脚立に腰掛けた私は、長谷川さんがいるキッチンから漂ってくるソースのいい香りを嗅ぎながら、ため息をこぼす。

そんな私の隣には、ノワールがふせ、ぴったりと体をくっつけている。そっと頭を撫でると、ワフッと気持ちよさそうな息を漏らした。

「いちご、いかがですか?」

「はい、いただきます……って、え?」

突然差し出された、真っ赤ないちご。なにげなく受け取ったものの、ふと驚いて振り向く。それは、キッチンで料理の支度をしていたはずの長谷川さんから差し出されたものだった。

「長谷川さん……ごはんの支度の途中なんじゃ?」

「煮込み中でひと休みです。なのでおやつにいちごでもと思いまして」

「ありがとう、ございます」

真っ赤に熟した大きないちごをひと口でぱくっと食べると、みずみずしい甘みが口に広がる。

「ん……あまーい!　おいしい!」

「山梨にいちご狩りに行った友人から頂いたんです」

甘さに顔をほころばせると、長谷川さんも少し嬉しそうに笑う。私の横でさっきまでくつろいでいたノワールもむくりと起き上がり、長谷川さんの持つボウルの中のいちごをくんくんと嗅いでいる。

「たくさんありますので、お夕飯の後のデザートにもお出ししますね。玲央坊ちゃんもいちごがお好きですから」

「あ……そう、なんですね」

いちごのおいしさに一瞬忘れかけたけれど、〝玲央〟の名前で先ほどの失態をまた思い出し、再び気持ちが沈んでしまう。

そんな私を察するように、長谷川さんは困ったように笑みを見せた。

「坊ちゃんと、なにかありましたか？」

「え？」

「なにやら落ち込んでいらっしゃるようですから。それと、さっき来た時にあの部屋の窓が開いているのが外から見えました」

そういえば、窓を開けたままだった。

私が落ち込んでいることと、部屋のこと、それらがつながっていることも簡単に読めてしまったのだと思う。

そんな長谷川さんに降参して、目線を下に向け、小さく頷きつぶやいた。

「……ピアノを触って、玲央さんに叱られてしまって」

その私のひと言までも読めていたかのように、長谷川さんからは穏やかな声が返される。

「きっと触れられたくなかったんでしょうね」

「あのピアノって、そんなに大切なものなんですか？」

「えぇ、大切なものだと思いますよ。玲央坊ちゃんが昔から使われているピアノですから」

昔からって、それはつまり。

「玲央さん、ピアノやってたんですか？」

初めて聞くことに、つい顔を上げ、思ったままにたずねると、長谷川さんは頷く。

「やっていたもなにも、もともとプロのピアニストですよ」

「へ……？　ぷ、プロ!?　ピアニスト!?」

そうだったの!?

予想外の返答に、私は目を丸くして大きな声を上げた。

「ご存知なくても仕方ないですよね、海外を拠点としてご活動されていましたから。ですが幼い頃から天才ピアニストと呼ばれるほどの実力で」

海外を拠点としていた天才ピアニスト。ますます彼が、別世界の人に感じられる。

「けど、その天才ピアニストがどうしてホテルのオーナー社長に？　そのままピアニストをやっていたほうがよかったんじゃ……？」

「ご本人もそれを望まれていたと思います、心から。ですが、望んでも叶わないこともあるんですよね」

「え？」

望んでも、叶わないこと？

それって、と問うように見つめると、深いシワを目尻に寄せ、その目は悲しげに細められた。

「……手を、壊してしまったんです。もう七年ほど前でしょうか」

「手、を……」

「当時私は、玲央坊ちゃんがよく通われていた音楽スタジオの近くのお店で働いておりまして。幼い頃から練習後や演奏会後によく顔を見せては、楽しくピアノの話を聞かせてくださったものです」

話しながら幼い頃のことを思い出しているのか、長谷川さんは少し嬉しそうに笑う。

幼い頃から玲央さんを知っていて――あ、だから『坊ちゃん』なんだ。

「ですがある時からぱったり姿を見せなくなってしまって……代わりに聞いた噂は『天才ピアニストの立花玲央が手の故障で引退した』というものでした」

手の故障で、引退。

七年前ということは、彼はまだ二十三歳。これからまだ、どんどん伸びていけただろう。いつしか国内でも名前を聞くようになって、私は彼の名前を〝ピアニスト〟として知るような、そんな未来があったかもしれない。

けれど、それらはすべて失われてしまったんだ。

「それから二年が経ち、再びお店にいらっしゃった玲央坊ちゃんは、お父様が経営する航空会社グループのホテルでオーナーとして経営の勉強を始めたとのことで。『ピアノはもう一切辞めた』と」

「……そんなに、あっさりと?」

「あっさりと辞めるよう、心に命じていたんだと思います。『仕方ないことだ』と言う坊ちゃんは、火が消えたようでしたから」

長谷川さんの静かなひと言に、自分でたずねておいて、なんてバカなことを聞いてしまったんだろうと思った。

そう、だよね。幼い頃からずっとピアノとともに生きてきた人がそれをいきなり失って、『仕方ない』とあっさり捨てられるわけがない。

きっと、あのピアノは彼にとってつらい思い出だったんだ。だから、さっき玲央さんは怒ったんだろう。

なにも知らない人間が、軽々しく触れていいものじゃなかった。

自分がしたことの大きさを今更思い知り、私はぐっと拳をにぎる。

「……長谷川さん、なにか買ってくるものありませんか？　私、ちょっと頭冷やしにおつかい行ってきます」

「え？　でももうすぐ暗くなってしまいますよ？」

「大丈夫です。ちょっと、自己嫌悪っていうか……玲央さんにどう謝ろうか、ひとりで考えたいので」

へへ、と苦笑いをこぼすと、最初は少し戸惑った長谷川さんも、私の気持ちを汲むようにゆっくり頷く。

「では、コンビニで牛乳を買ってきていただけますか？　それを使っていちごのデザートをお作りしますので、ふたりで食べれば仲直りできますよ」

「ありがとうございます」

長谷川さんに小さく礼をしてから、財布を手にして家を出た。

『触るな』

そう言った玲央さんの目は、冷たくて、初めて見る表情だった。

知らなかった彼のもうひとつの顔。だけど知らなかったからといって、なにをしても許されるわけじゃない。誰しも、触れてほしくないものが心にあるのだ。

「……謝らなくちゃ」

ぼそっとつぶやいた小さな声が、薄暗い路地に響いた。

立花家から徒歩十分ほどのところにあるコンビニを目指し、私は静かな住宅街の中の路地を、ひとり歩いていた。

辺りの家々にあかりがつき始める時間。空はとっくに日が沈み、月が出ていた。

帰る頃には玲央さんも起きてくるかな。

顔を合わせたらまず謝って、と頭の中でシミュレーションをするように彼の顔を思い浮かべると、先ほど言われたひと言がまた思い出された。

『言われたこと以外勝手なことをするな』

怒らせたってことばかりが気にかかっていたけれど、改めて思うと、そのひと言によって私と彼の関係がしっかりと線引きされた気がした。

そう、だよね。私は彼に言われたことだけを聞いていればいい。私は玲央さんに拾ってもらった身で、それも、彼にとっては同情だとか、ホテルの客としてのよしみのようなもので。

だからこそ生まれた関係は、対等じゃない。その考えは間違っていない。なのにどうして、胸はズキ、と小さく痛むのだろう。

「……はぁ」

無意識にため息がこぼれたその時、ふと背後に何者かの気配を感じた。

後ろから、誰か来てる?

ザッザッと聞こえる足音に警戒心が働き、カーブミラーでチラッと背後を確認すると一瞬背の高い影が確認できた。

男の人だ。

でもただの通行人かも。気にしすぎはよくない。そう思いながらも逃げるように自然と歩く足は早くなる。すると、それと同時に背後の足音も早さを増した。

な、なんで一緒に早足になるの⁉　まさか、つけられてる⁉　痴漢⁉

住宅街とはいえ、一本細い道に入れば暗いところもあるし、連れ込まれたらまずい。

嫌な想像をし、冷や汗をかくうちにも背後から足音は近づいてくる。

どうしよう、どうしよう、どうしよう。

一気に頭の中がパニックになった瞬間。近づいてきたその男は、私の肩をガシッと掴んだ。

「ひっ、嫌ー‼　変態！　痴漢ー‼」

大きな手の感触にサーッと血の気が引き、『自衛しなければ』という一心で、私は腕を振り上げた。

ちょうど肘は男の顎にゴンッと当たり、男は「いっ‼」と短い悲鳴を上げ肩から手を離す。

やった、手、離れた！　って、あれ？

振り向くとそこにいたのは、痛そうに顎をさする玲央さんだ。昼間と変わらぬシワのついたワイシャツ姿の彼が、不機嫌そうにこちらを睨む。

「あれ……玲央、さん？」

「お前なぁ……いきなり肘鉄とは、随分じゃねぇか」

「へ？　え⁉　あっ、すみません！　てっきり痴漢だと思って……！」

思いきり殴ってしまったー！

まずい、と慌てて謝る私に彼は「痴漢ねぇ」と笑うものの、その顔は明らかにひきつっていた。

だってまさか玲央さんだとは思わなかったんだもん！　まず声をかけてくれたら痴漢だとは思わなかったのに！

「あれ、でもどうして玲央さんがここに？」

「ちょうど起きて下におりたら、長谷川さんからお前が出かけたって聞いてな」

私が出かけたからって、なんで？

意味がわからず首を傾げると、玲央さんは私の頭にぽん、と軽く手を置く。

「この辺り、暗いところも多いから。ひとりで出歩いてなにかあったら危ないだろうが」

え？　それってつまり、心配してくれたということ？

彼からそんな言葉を聞くとは思いもよらず、ただただ驚いてしまう。けれど驚きの後に込み上げてくるのは、確かなあたたかい気持ちで。

「……ありがとう、ございます」

隠すことのできないその心を表すかのように笑うと、玲央さんは少し驚いた顔を見せた。かと思えば、私の頭に乗せたままだった手でわしわしと髪を乱すように頭を撫でる。

「わっ！　なにするんですか」

人の頭を乱すだけ乱して、玲央さんは手を離しコンビニの方向へ歩きだしてしまう。

「……あと」

「あと？」

「さっきは言い過ぎた。大人げなかったって、反省してる。……ごめん」

顔を背けたまま、彼からこぼれた『ごめん』のひと言。それもまた思わぬ言葉で、驚きを隠せない。

どうして玲央さんが、『ごめん』なんて言うの？　違うでしょ。謝るのは、私でしょ。勝手に触れたのは私なのに、彼の怒りは私が原因なのに。どうして、心配して追いかけてきてくれたり、謝ったり、反省してる、なんて言うの。

驚きで足を止めたままだった私は、先を行く玲央さんを駆け足で追いかけると、シャツの袖をぐいっと引っ張った。

「うおっ！　な、なんだよ」

びっくりして立ち止まる玲央さんのシャツを握る手に、私はぐっと力を込める。

「……ごめん、なさい」

「え?」

「玲央さんがピアニストだったって話、長谷川さんから聞きました。……なにも知らないのに、大切なピアノに勝手に触れたりして」

謝るべきは、あなたじゃない。勝手に触れた、私。

けれど玲央さんは伏し目がちにつぶやく。

「別に、大切なんかじゃない」

そう一度否定して、彼はそんな自分を鼻で笑うようにふっと声を漏らす。

「……とか言いながら、そのピアノひとつに、いちいち過剰に反応してるなんて、笑えるよな」

その笑みと自虐的な言葉から感じるのは、ピアノのことを諦め切れない自分への呆れや悲しみ、苦しい気持ち。そして、そんな気持ちを抱いている自分を、責めてもいるのだろうか。

「自分自身にムカついて、杏璃に八つ当たりした。だからお前は、悪くない。……ごめんな」

二度目の『ごめん』とともに彼が見せたのは、色のない瞳と、悲しげな笑みだった。

その表情に、胸がぎゅっと締め付けられ、私のほうが泣きたくなる。

けれど、ここで私が泣くのは違うと思うから。泣きたい気持ちをぐっとこらえて彼の目をしっかりと見据えた。

「あのピアノ、本当に大切じゃないんですか？」

問いかけに、玲央さんは言葉をつぐむ。頷きかけて、躊躇って、小さく頷いた。

「……あぁ」

小さなその声は、それが本心ではないことを示していた。

嫌いだ、と言われたとしても、触れるな、と拒まれても、勝手なことだと言われても。それでも私は、手を伸ばしたい。

「じゃあ、あのピアノは私に任せてもらえませんか？」

「え……？」

言い切った私の言葉に、その目は驚き丸くなる。

「私が綺麗にします。部屋の換気もしますし、掃除もします。いつか玲央さんがあのピアノをまた弾きたいと思える時まで、私が大切にします」

彼の悲しい目は、好きなものを諦めたくて、拒んで、大切じゃないと言い聞かせているように見える。だから私は、それに流されてはいけない。拒まれても怒られても、玲央さんの本心に触れたい。

「……ふっ」

唐突に彼は笑みをこぼした。

「な、なんですか」

「いや、変なヤツだと思って」

変なヤツって、失礼な。

そう思いつつも、その小さな笑みに安心感が込み上げる。先ほどまでの少し張り詰めた空気が、穏やかになるのを感じながら、玲央さんとふたり並んで歩きだす。

「さっさと買い物して帰るぞ、腹減った」

「はい。私も、どんぶりでごはん三杯いけるくらいお腹空きました」

「それはない」

「えっ」

玲央さんはいつものように、おかしそうに笑ってみせる。やっぱり、その明るい笑顔がいい。悲しい笑顔は見たくない。彼がこれまで見せてくれた柔らかな笑みを、もっと、もっと見たいから。

小さな一歩を踏み出すために、まずは私が大切にする。

そんな思いを抱きながら、彼とふたり、涼しい夜風の中を歩いた。

旦那様と鍵盤

今日も空は爽やかな晴れ。六月に差し掛かっても天気のいい日が多く、今年の梅雨は雨が少なくなるとテレビで言っていた。

そんなお掃除日和、私は玄関から右手に入った部屋――そう、あのピアノ部屋にいる。

窓からは風が入り込み、カーテンを柔らかく揺らす。

心地いい空気を感じながら、柔らかな布でピアノの表面を拭くと、漆黒の屋根が艶めいた。

「これでよし、っと」

先日玲央さんに『自分が大切にする』と言ったこのピアノ。翌日から早速、ピアノの手入れの仕方をインターネットで調べて、必要な道具を揃えて、ようやく掃除にとりかかった。

けれど改めて眺めると、ずっとしまい込まれていたにしては埃が薄い。恐らく前の家政婦さんも度々こっそりとこの部屋の掃除をしていたのだと思う。

それにしても、本当にいいピアノだなぁ。見た目も素敵だし、音もいいし――。

【STEINWAY】と書かれたこのピアノは、調べてみればスタインウェイという高級ピアノらしい。価格は平均、一千万円越え。そんな高価なものに傷をつけるわけにはいかないと、拭き取りひとつにも手つきが慎重になるわけだ。

貧乏性な自分に苦笑いをこぼしていると、ポケットの中のスマートフォンが突然ヴー、と音を立てた。

「電話……？」

誰だろう、結花かな？　前の会社が倒産して以来、日曜のランチを断っているし、と結花の顔を思い浮かべながら画面を見ると、表示されていたのは【着信・立花玲央】の文字。

玲央さん？　あ、そういえばもしもの時のためにと連絡先を交換していたっけ。でもなんの用だろう？　今は仕事中のはずだ。

不思議に思いながら、通話ボタンをタップして電話に出る。

「はい、もしもし」

《あ……杏璃か？　悪い、おつかい頼まれてくれないか》

「おつかい？」

電話の向こうの彼にたずねながら、部屋の窓をそっと閉じる。

《俺の部屋の机に黒いＵＳＢが置いてあると思うんだが、それをこっちまで持ってきてくれないか？》

「こっちって、ホテルですか？」

《あぁ。午後からの打ち合わせに使うデータなんだが、昨夜家で確認してて、そのまま忘れてきた》

そういえば玲央さん、昨日は夕食を食べたらすぐ部屋に向かっていたっけ。寝てるのかと思ったら仕事をしていたんだ。

納得しつつ自分の腕時計を見れば、時刻はすでに十三時だ。

「午後からって、すでに午後ですけど」

《だから急いでるんだ。急いで持ってこい。大至急》

「えっ⁉　大至急って……」

それ以上話す時間も惜しいとでも言うかのように、玲央さんはブツッと電話を切った。

なっ、なんて一方的な電話なの！

それほど慌ただしいのだろう。けど、こっちにだってまだやることがあるのに。

「もう！　勝手なんだから！」

でも困っているなら仕方ない、急いで向かうか。

掃除を中断し、身に着けていたエプロンを外す。そして玲央さんの部屋に行き、確かに机の上に置かれていた黒いＵＳＢメモリを手にして急ぎ足で家を出た。

大きな通りに出てタクシーを拾い、ガーデンタワー東京を目指す。タクシーに十分ほど揺られ、ホテルの前でタクシーを降りた。

とりあえずフロントの人に声かけて、玲央さんを呼んでもらおうかな。どう見ても宿泊客ではない女がひとりでここにいると怪しまれそうだし。

そう思いながら、自動ドアを入り、左手側にあるフロントを目指す。

白を基調に、ところどころに入るゴールドの装飾がアクセントのフロントカウンター。普段はそのままレストランに向かうから、慣れない場所に少し緊張してしまう。

息をひとつ吸い込んで、フロントに立つ女性へ声をかけた。

「あの、すみません。玲央さん……立花社長はいらっしゃいますか？　忘れ物を届けに来たのですが」

「はい、少々お待ちください」

黒いジャケットを羽織り首元に赤いスカーフをつけた女性が、にこりと笑顔を見せ、受話器を手にどこかへ電話をかける。それから小さな声で少し会話をして、そっと受話器を置いた。

「お待たせしております。立花が今参りますので、こちらで少々お待ちください」

「わかりました」

彼女にぺこ、と頭を下げ、フロントを後にする。

イスに座って待っていてもいいけど、せっかくだしちょっと辺りを見てみようかな。いつも来るときはビュッフェのことで頭がいっぱいで、景観を楽しむ余裕なんてなかったからなぁ。

そんな自分に苦笑いしながら、ガラス張りのロビーから見える洋風造りの庭を眺めた。ベージュ色のタイルで作られた道を囲むように、鮮やかな緑の木々や鉢植え、花々が彩る。その先には小さなドーム型のチャペルがあり、その中に長椅子と真っ白なグランドピアノが見えた。

友達の挙式の時は、ホテル裏の大きなチャペルだったけれど、こっちにもチャペルがあったんだ。

小ぶりでかわいいガラス張りのチャペル。そのまま外でガーデンウェディングができるようにもなっている。

でもチャペルの中にあるの、オルガンじゃなくてピアノだなんて珍しいなぁ。

「杏璃」

背後から名前を呼ばれて振り向くと、そこにいたのはスーツにベスト、ネクタイと上から下までビシッと決めた玲央さんだ。少し前まではこの姿しか見たことがなかったのに、最近は家でワイシャツやTシャツといったラフな格好ばかりを見ているせいか、逆に新鮮な気がする。

「玲央さん。USBってこれですよね？」

「あぁ。悪かったな、助かった」

持ってきたUSBをバッグから取り出し手渡すと、玲央さんは少し安心したように息を吐く。

続いて玲央さんの後ろから、スーツ姿の細身の男性が足早にやってくる。

「立花社長、データのほうは」

「無事受け取った。これでなんとか打ち合わせには間に合いそうだ」

怜央さんの秘書なのだろうか。私より少し年上だろうけれど、まだ若いのに落ち着き払った黒髪の彼に、玲央さんはUSBを見せて笑みを浮かべる。

「じゃあ、私帰りますね」

「あ……いや、待て。褒美を用意してある」

「ご褒美？」

まさかそんなものが用意されているとは思わず、きょとんと首を傾げると、彼は頷いた。

「実は今、ビュッフェの七月からの新メニューが決まったところでな。試食させてやる」

「えっ!?　本当ですか!?」

試食、しかもビュッフェの新メニュー。それらの言葉に一気にテンションが上がり、思いきり食いつく。そんな私のことを玲央さんはまたおかしそうに笑って頭をぽん、と撫でる。

「あぁ。ただし、あくまで試食だからきちんと感想や意見を述べること」

「了解です！」

それくらいお安い御用！と言わんばかりに気合充分に頷いた。

「俺はこれから打ち合わせに入るから……檜山（ひやま）、彼女の試食に付き添って感想や意見メモしておいてくれ」

「かしこまりました」

それだけ話し終えると「じゃあ頼んだ」と、忙しなく立ち去る玲央さん。その場には私と〝檜山〟と呼ばれた無愛想な彼だけが残る。

やっぱり忙しいんだなぁ。もともと顔はいいから、黙っていてもさまになるけれど、仕事中の姿はいっそうかっこいい。

すれ違うお客さん一人ひとりに、「いらっしゃいませ」と笑顔で声をかけながら、背筋をぴんと伸ばした彼が遠ざかっていく。

「……で？　三浦さん、でしたっけ」

「え？　あっ、はい！　三浦杏璃です」

玲央さんからそれとなく私の話を聞いてはいたのだろう。彼はにこりともせず私の名前を口にする。

「えっと、あなたは？」

「立花社長の秘書の檜山です。よろしくお願いします」

そっけないその言い方から、気持ちが込められていないことは簡単に読み取れた。事務的というか、なんというか、とっつきづらそうな人だ。挨拶もそこそこに、「じゃあ行きましょうか」と歩きだしてしまう彼を追いかけるように、私もその場を歩きだした。

檜山さんに連れられやってきたのは、以前玲央さんに連れてきてもらったことのある、イタリアンレストランの個室席。

そこにはビュッフェの新作メニューである、魚のムニエルや夏野菜のサラダ、冷製パスタなどがずらりと並べられていた。

「わ……おいしそー！　これ本当にタダで食べていいんですか!?」

目をキラキラと輝かせながら席につくと、檜山さんが冷静に頷き、向かいに座った。

「ええ。ですが量も多いですし、完食はしなくて構いません」

「あの、おかわりはしてもいいですか!?」

「は？」

彼は意味がわからなそうに聞き返しながら、ジャケットの内ポケットからメモ帳とボールペンを取り出す。

ところが、試食を始めて数分後には、クールだった彼の顔は完全に引きつっていた。

というのも、彼が〝多い〟と言った料理の数々を私は案の定もぐもぐと食べて、食べて、食べて――。

「んー！　おいしー！」

あっという間に半分以上をたいらげると、彼はメモをする手も止めて、げんなりとした顔を見せた。

「よく食べますね……」

「すみません、おいしくて！　幸せです！　あ、檜山さんも食べます？」

「……いえ。見てるだけで満腹で吐きそうです」

檜山さんは細い見た目通り食も細いのだろう。どんどん料理を口に運ぶ私を見ながら、顔が青くなっていく。

「そんなに食べて大丈夫なんですか」

「はい、ちゃんと消化してますから！　あ、太りづらいので体型にも出ません！」

「それはまた、世の中の女性の敵のような……」

周りの女の子は、太りたくないと我慢やダイエットをしている子がほとんどだ。そんな彼女たちに度々恨めしい顔で見られていたことを思い出し、苦笑いしながらローストチキンを食べる。

「あの、さっき気になったんですけど、向こうのチャペルってオルガンじゃなくてピアノなんですね。珍しいですよね」

先ほど見たものを思い出しながら〝向こう〟と庭の方を指さすと、檜山さんは頷く。

「ええ、立花社長の要望でオルガンだったのをピアノに変えたんです。社長もたまに音のチェックを兼ねて弾いてるみたいですよ」

「えっ！　そうなんですか!?」

玲央さんが？　家のピアノをあれだけ拒んでいたから、ピアノ自体を弾いていないのだと思っていた。でも、あのピアノには触れていたんだ。

意外な事実に少し驚くと、私の心を見透かすかのように彼がこちらに目を向ける。

「あなたがもし、この世で一番好きな食べ物を目の前から没収されたとして、それを『仕方ない』と諦め忘れることはできますか？」

「一番好きな、食べ物を……」

一番好きな食べ物。お肉に魚にサラダにスイーツ、どれが一番かは決められないけれど、それらを目の前から奪われたら。

「む、無理です……！　寝ても覚めても考えちゃう！」

想像しただけで耐えきれない。深刻な顔でそう言い切ると、こちらへ向けた檜山さんの目は冷ややかだ。

「それが、立花社長にとってのピアノなんだと思います。きっと、本当は好きなんですよ」

玲央さんの、ピアニストだった時の話を聞いているのだろう。静かにつぶやく彼の声だけが響いた。

やっぱり。玲央さんは、自分に言い聞かせているだけなんだ。

好きなものを諦めたくて、仕方ないと割り切りたくて、わざと距離をとっている。触れればつらい思い出ばかりが、よみがえってしまうだろう。だけど、その〝つらい〟感情の向こうにあるものは、〝好き〟なのだと思う。

好きだからこそ、失ってつらい。苦しくて、もどかしくて、先日あの部屋に散らばっていた楽譜は、彼がぶつけた苛立ちだったことに、気づいた。玲央さんの気持ちを思うと、それだけで、胸がぎゅっと締め付けられる。


それから数十分をかけ試食を終えた私は、檜山さんにお礼を言ってレストランを後にした。

結局、テーブルの上の料理は完食。最後のほうは『もう見たくない』と、檜山さんは顔を背けてしまっていた。

感想とかメモしてなかったけど、大丈夫なのかな。けど新メニューもおいしかったなぁ、玲央さんから最初のお給料もらったら、来月結花と食べに来よう。

そう考えながらロビーへ戻ってきた私は、先ほどの会話を思い出しながら視線を外のチャペルへ向ける。すると、ガラス張りのチャペルの中、白いピアノのところにひとりの姿が見えた。

あれ、誰かいる。庭もチャペルも自由に出入りできるようだし、お客さんが入っているのかな。そう思いながら、誘われるように庭に出て、微かに開いていたドアからコソコソとチャペルを覗き込む。

そこにいたのは玲央さんだった。彼はピアノの前に腰掛けると、その真っ白なピアノに向かい合う。

玲央、さん？

彼は鍵盤を一つひとつ押しながら、音を確認するように耳を澄ませている。ド、レ、ミ……とチャペル全体に響く透明感のある音に、呼吸の音ひとつですらも邪魔してはいけない気がして、息を潜めた。

音の確認を終えると、玲央さんは両手を鍵盤に添え、演奏を始める。ゆっくりと弾き始める指先に、流れるような音が続く。

この曲は——この前楽譜にあった、バッハのゴルトベルク変奏曲だ。

当然だけれど、私のつたない演奏とはまったく違う。美しい音色の中に、切なさを感じるメロディー。自然と心が掴まれ、惹かれていく。一音一音を奏でる繊細な指先。

切なさと柔らかさを重ねたその音色は、彼の心を表している気がした。

こんなにも優しい弾き方ができるほど、本当はピアノが好きなんだ。

だからこそ彼はきっと、触れられたくなかった。華やかな日々を思い出すあのピアノと、揺らぐ心、どちらにも。

『それが、立花社長にとってのピアノなんだと思います』

どんな気持ちだっただろう。

好きなものを失うこと。これまで築いてきたものを、失うこと。悔やんだだろう、責めただろう、その末に彼は、あの部屋にすべてを閉じ込めたのかもしれない。

ぎゅっと締め付けられる胸をおさえるように、拳に力を込めた。その瞬間、不意に音が止まり、玲央さんは鍵盤からそっと手を離す。

「覗き見とは、いい趣味してるな」

「えっ！」

ば、バレてた！

ギクッと心臓が跳ねる。見れば、私がいることにだいぶ前から気づいていた様子の玲央さんが、ジロリとこちらに顔を向けていた。

「す、すみません」

観念するようにチャペルへ入り、ゆっくりと彼のもとへ近づく。

「試食は終わったか？」

「はい。玲央さんも打ち合わせ、終わったんですか？」

「いや、先方の都合で遅れてる。せっかく急いで持ってきてくれたのに悪いな」

空いた時間を使って弾いていたのだろう。話しながら玲央さんはピアノの蓋を閉じて、椅子から立ち上がる。

「玲央さん、ピアノ上手ですね！　惚れ惚れしちゃいました」

「上手って……お前なぁ。一応元プロだぞ」

「あ！　そっか！」

無意識に褒めてしまったけれど、逆に失礼だったかも！

言われてから気づいて口を塞ぐ私に、玲央さんは怒ることなくおかしそうに小さく笑う。

「けどこのピアノは同じようなグランドピアノでもちょっと小ぶりなんですね。音もちょっと違うかも」

「あぁ。スタインウェイやベヒシュタインの高級ピアノは一つひとつ手作りだからな、物によって音も響きも違うんだ」

そう言って、真っ白なピアノを見つめる玲央さんの目は優しい。

「家のピアノって結構前から使ってるんですか?」

「そうだな。ピアノを始めた頃から使ってる」

ということは結構昔のものなんだ。でもあれだけ綺麗だということは、きっと手入れがいい証拠なんだろうなぁ。

ガラス張りのチャペルに、頭上から太陽が降り注ぐ。ピアノの白い屋根に、光が反射し眩しさに目を細めた。

「……家のピアノを見てると、思い出すんだよな。ひたすら練習してた、昔のこと」

不意に彼がこぼす、その胸の内の思い。

「そもそもひとり暮らしで一軒家を選んだのも、あの家を選んだのも、あのピアノをいい条件の場所に置きたかったからなんだよ」

「ピアノの、ために……」

いい場所に、いい環境にピアノを置きたい。だからあの家に住むことを決めたんだ。

それを思うと、あの日当たりのいい部屋に漆黒の大きなピアノがよく似合う理由がわかった気がした。

「昔からピアノを弾くのが大好きでさ、いつしかプロと呼ばれるようになって、それでもただひたすら弾くことだけが楽しくて」

　瞳に悲しい色を浮かべながら、ピアノを撫でる彼の指先は細く長く、繊細さを感じさせる。

「時々痛みを感じるような違和感はあった。けど、まさか演奏会の途中で手が動かなくなるとは思わなかった」

「演奏会の、途中で……」

「情けないよな。手は治ってるのに、トラウマのせいで人前ではピアノが弾けなくなるなんて」

　期待して来てくれた、たくさんの人の前で、突然手が動かなくなる絶望感。それがどれほど恐ろしいことか、想像しただけで、目の前が真っ暗になる。

　楽しかった日々も、襲い来る絶望も、すべてを思い出してしまうから。だから彼は、あの部屋にすべてを封じ込めたんだ。

「……築いてきたものが全部、無駄に思えた」

　鍵盤を撫でながら悲しい目でつぶやく彼の手を、両手で包むようにぎゅっと握る。

「無駄なんかじゃ、ない。ちゃんとここに残ってます」

「え?」

長い指をした大きな手は、動かした直後だからか、熱い。それは、彼のピアノへの熱量を表すかのようだ。

「玲央さんがピアノを好きだって気持ちも、優しい音も切ない音も、全部伝わってきました。私の心を、揺さぶってくれた」

その音で、あなたの心を知る。これまでたくさんのものを築いてきたその指先だからこそ奏でられる音。それを無駄なんて言わないで。

「玲央さんのピアノの音が、大好きです。だから時々、ほんの時々でいいから、また聞かせてください」

自然にこぼれる笑みとともに伝えた、心からの気持ち。その言葉に彼は少し驚いて、困ったように眉を下げて笑う。

「……気が向いたら、な」

その笑顔もまた、初めて見る表情のひとつ。そんなあなたの姿が、また心を揺さぶった。

光に包まれたチャペルの中、ぎゅっと握る手に力を込めると、握り返す彼の力強さを感じた。

旦那様はささやく

　彼の困ったような笑みが、なんだか嬉しくて、愛しくて。

　この胸に、ときめきを感じてる。


　ある水曜日の午後。立花家の広い庭には、水しぶきとともに私とノワールの声が響いていた。

「ノワール！　こらっ、待てー！」

「ワンッ」

　梅雨らしく雨が続いたここ数日。やっと晴れた今日は、洗濯物と家中の換気をして、久しぶりに気持ちがいい。ついでにノワールも綺麗にしてあげようと思い立ち、犬用のシャンプーで大きな体を洗ってあげている真っ最中だ。

　けれど、ノワールはシャンプーされている、というよりは遊んでもらっている感覚らしい。洗われながら動き回る、泡だらけのノワールを、やっとの思いで捕まえた。

「つかまえたーっ！　ノワール、泡流すよ！」

もう、ノワールのおかげで服も上から下までびしょ濡れだ。濡れてもいいようにTシャツと丈の短いショートパンツに着替えておいて正解だった。

ホースを手に取り蛇口をひねると、正面に見える裏口のドアが開けられた。

「杏璃、なにしてるんだ？」

「あっ、玲央さん」

今日は休日だからと、ゆっくりと過ごしていたはずの玲央さんが庭に出てきた。きっと私たちの騒がしさに様子をうかがいに来たのだろう。ノワールは、そんな玲央さんを見つけた途端、大好きなご主人のもとへ泡だらけのまま駆け寄っていく。

「あっ、こらノワール！」

待ちなさい、と引き留めようとして、つい私はホースを振り回した。当然、ホースから出た水は辺りにばしゃっと飛び散ってしまう。

「あ！」

目の前の彼は、あっというまに頭から上半身を水でびしょ濡れにしていた。

「……ノワールと一緒に俺も洗ってやろうってか？　いい度胸してるよなぁ、あぁ？」

「せっかくなので玲央さんの薄汚れた心も一緒に綺麗に……って、違います！　すみません！　タオル！　タオル用意してありますから！」

あぁぁ、なんてことを!

しまった、と急いで蛇口をしめると、庭の端に自分用に用意しておいたタオルを玲央さんに渡す。ところが、彼はそれを手にすると、いきなり私の頭にばさっとかけた。

「へ? な、なんですか?」

「俺はいい。お前のほうが濡れてるだろ。そのままだと風邪ひくぞ」

私の、ほうが?

戸惑い、「けど」と反論しようとするけれど、玲央さんはそれを聞くことなく、その場にあった庭用のサンダルを履いて庭へ出てくる。

「ノワール、泡は俺が流してやる。おとなしくしてろよ」

「ワンッ」

そして私の手からホースを奪うと、じゃれつくノワールを相手に泡を流し始める。

一応、気遣ってくれたのかな。だから私にタオルを?

嬉しくなって、少しにやけながらタオルで顔を拭く。

「ふふ、よかったねノワール。ご主人が洗ってくれて」

そう笑いながら、私は彼のもとへ近づいた。すると、足元にあったホースに足が引っかかり、前のめりにこけてしまう。

「あっ、わっ！」

「え？　うおっ」

思いきり転んでしまったけれど、感じるのは濡れた芝生の感触――ではなく、生暖かな体温。

「いてて……あれ？」

それは、目の前でしゃがみ込みノワールの泡を流していたはずの玲央さんで、倒れ込みながら彼を巻き込んで、そのまま芝生の上に押し倒してしまったのだった。

突然、距離が縮まったふたりの顔と、ぴったりとくっつく体。彼が転んだ拍子に手放したホースから出る水が、ひたひたとしたたっている。

「わっ……わーーー‼」

状況を理解すると同時に一気に恥ずかしくなってしまい、ボッと顔が熱くなる。けれど、下敷きにしたままの彼はそんな私を見て、ブッとおかしそうに吹き出した。

「お前、照れすぎだろ。耳まで真っ赤」

「だって……」

「男に慣れてないの、まるわかりだな」

な⁉　確かにそうだけど、なんて失礼な言い方！　言い当てられてしまったことの恥ずかしさでさらに頬が熱を増す。

「わ、悪かったですね！　どうせ慣れてませんよ！」

拗ねるように顔を背けると、その指先はくいっと私の顎を軽く押し、顔の向きを正面に戻す。

目の前の顔は、ふっと楽しげな笑みを浮かべていた。

「別に悪いとは言ってないだろ。初々(ういうい)しいほうが、うまそうだしな」

「へ!!?」

う、うまそう!?　それって、その意味って、と考えて頭に浮かんだ想像に、真っ赤な顔のまま私はバッと体を起こし立ち上がり、玲央さんから距離をとった。

すると、次の瞬間、彼から濡れたTシャツが飛んできて、私の顔面にべしゃっとぶつかり芝生に落ちた。

「へ……？」

いきなり、なに？

驚ききょとんとしていると、目の前で立ち上がる玲央さんは上半身裸で、そのTシャツは彼が脱いだものなのだと気づく。

「アホ面(づら)してないで、さっさと体拭(ふ)いて着替えて、俺の分の服とタオル持ってこい」

その言葉とともにフンと鼻で笑われ、先ほどの〝うまそう〟発言が彼のからかいだったと知ると、からかわれた自分がますます恥ずかしい。

「もうっ……玲央さんの変態！」

悔しくて、でも言い返す言葉がなくて、精いっぱい絞り出した情けない言葉を叫びながら、私は濡れた体もそのままに、逃げるように家の中へ向かった。

ま、まさか、押し倒してしまうなんて。あぁもう、私なにしているんだか！

水をかけて、転んで、押し倒して、からかわれて、恥ずかしい。でもああして触れると、たくましくて、ごつごつとしていて、男の人なんだって感じる。思えば男女同じ屋根の下にいても、まったくといっていいほど異性を感じるようなことはなかったもんなぁ。まだちょっと、ドキドキしてる。

心を落ち着かせ、急いで体を拭いて服を着替えると、玲央さんの着替えとタオルを手に裏庭へ戻った。

意識しない、平常心、平常心。

そう心に言い聞かせながら裏口のドアを開けると、そこには半裸のままノワールを拭く玲央さんの姿。

「っと、おとなしくしてろって」

そう言いながら、ノワールに見せる笑顔はまるで子どものよう。これもまた、初めて見る顔だと思った。そんな彼を見つめていると、つい胸がきゅんと音を立てる。

かわいいなぁ。って、きゅんってなに！　きゅんって！

その感情を慌てて否定するものの、つい笑みがこぼれてしまう。

それにしてもノワールのこと、本当にかわいがってるんだなぁ。長い毛を撫でるその手に、彼の優しさを感じた。

「玲央さん。タオルと服持ってきました」

「ん、あぁ。ありがとな」

タオルを受け取る彼をよく見てみれば、鍛えられた体の、割れた腹筋と、しっかりした大胸筋がたくましい。

「どうかしたか？」

「え!?　いえなんでも！」

見惚れていたことに気づかれてしまわないよう、慌てて誤魔化すと、玲央さんは意味がわからなそうに首を傾げてからタオルで体を拭う。

さとられないように、次の話題、なにか違う話をしよう。

「あっ、そうだ！　私、この後ちょっと買い物に行ってきますね」

「買い物？」

「洗剤とか、いろいろ切れかかっちゃってるので」

そう言うと、玲央さんは少し考えてから頷く。

「じゃあ俺も一緒に行く。車出してやるよ」

へ？　玲央さんが、一緒に買い物に？

「いいんですか？」

「どうせ今日は丸一日、予定ないしな」

思わぬ提案に驚いてしまうけれど、車を出してくれるというのなら甘えよう。

私は玲央さんとノワールとともに、一旦家の中へと戻っていった。


ノワールの濡れた体をしっかりと乾かした後、着替えを済ませた玲央さんとやってきたのは目黒駅近くのデパート。

「着いたぞ」

「は、はい」

車が駐車場に止まると、靴から土ひとつ落としてしまわないように、そろりと助手席から降りた。

き、緊張した！

車を出してくれるなら、と気軽にお願いしたけれど、車庫に停めてあった彼の車はよく見れば左ハンドルの高級外車。車種はわからなくても、それが高そうだとか、私には一生縁がなさそうな車だとか、それくらいのことはわかる。

ドアにキズをつけたら大変だ、シートを汚してしまったら、足元に土を落としてしまっては。そんなことばかり気になって緊張して、たった十分ほどの道程はまったく落ち着かなかった。

そうだ。家には慣れて感覚が少し鈍くなっていたけれど、玲央さんほどのお金持ちなら外車くらい乗るよね。

自分とは違う世界の人なんだと、また思い知る。

「買うのは洗剤だけでいいのか？」

「はい。あ、でも長谷川さんにも電話して、必要なものがあるか聞いてみますか？」

「そうだな」

話しながら地下にある食品や生活用品関係の売り場に向かおうとエスカレーターを探して歩く。

ふたりでこうして外を歩くなんて、初めてだ。なんだかデートみたいで、歩いているだけでもちょっと緊張してしまう。

すると、周りからチラチラとこちらを見る視線を感じた。

「ねぇ見て、あの人かっこよくない？」

「背高い、綺麗な顔してるね」

次々と向けられる、玲央さんへの羨望の眼差し。けれど、二十センチほど高い位置にある彼の顔を見上げると、それに気づく様子もなくスタスタと歩いている。

やっぱり目立つなぁ。確かに、綺麗な顔してるし、かっこいいもんね。

姿勢もよくて、歩いているだけで様になるというか。あんなかっこいい人の隣にどうして並以下の女が、って思われてそう。

デートみたいだなんて、自惚れるにもほどがある、か。

彼に向けられるうっとりとした視線と、私に刺さる厳しい視線を感じながら、つい彼の一歩うしろを歩く。

「ママ！」

突然のひと言とともに足に誰かがしがみついた。

「へ？」

驚き足元を見れば、そこには私の足にしがみつく幼い女の子がいる。

ママ？　って、私？

突然のことにきょとんとしてしまうと、髪の毛をふたつに結ったその女の子は私の顔を見上げ、人違いだと気づいたようで、徐々に顔を不安に歪ませる。

「ママじゃなぁ～い！　うぇ～ん!!」

「え!?」

火がついたように大絶叫して泣きだす女の子を前に、どうしていいかがわからない。

おどおどとしていると、それまで黙って見ていた玲央さんが女の子の体をそっと抱き上げた。

「どうしたのかな、お姫さま」

優しいその声と抱き上げる腕に、女の子の涙はピタッと止まる。

おぉ、さすがホテルのオーナー社長。子どもの扱いもお手の物だ。

「ママが、どっかいっちゃったの……」

「そっか。どこではぐれちゃったかわかる？」

「ちかく……ママがね、いっかいからうごかないでねってゆってたの」

たどたどしい口調で懸命(けんめい)に説明する女の子に、玲央さんは「うん、うん」と頷き、ゆっくり話を聞く。

「じゃあお兄ちゃんたちが一緒に探してあげようか」

「ほんと？」

「うん。だから涙拭こうね」

そっと微笑む玲央さんに、先ほどまで泣いていた女の子の表情がぱあっと明るい笑顔になる。

すごいなぁ。私の出る幕なんてないくらい。あやすのが上手っていうのもあるんだろうけど、玲央さん自身、子どもが好きなのかも。

「じゃあこの辺りぐるっと回って、それでも見つからなかったらインフォメーションに向かいましょうか」

「そうだな。お名前は？　言えるかな」

「みずきー！　とくら、みずき！　四さい！」

玲央さんの問いに、女の子――みずきちゃんは、彼に抱きついたまま答える。そして私たちはみずきちゃんとともに、みずきちゃんのお母さんを探すべく広々とした一階フロアを歩きだした。


ところが。いくら探せど、みずきちゃんのお母さんはなかなか見つからない。

「いないねぇ……」

一階フロアをぐるりと一周し終えた私たちは、小さなため息をこぼした。

私と玲央さんの間で両手をつなぎながら歩くみずきちゃんも、また段々と不安げな顔になってしまう。

「ママ、みずきのことおいてかえっちゃったのかなぁ……」

「えっ!? そんなことないよ！ きっとママもみずきちゃんのこと探してるよ！」

慌ててフォローをしながら歩いていると、なにげなく目に入ったのは通路沿いにあったアイス屋さん。

そのショーウィンドウに飾られているソフトクリームのサンプルに、私もみずきちゃんも目を奪われる。

「わぁ、おいしそう！」

「うん！ おいしそー！」

ぱぁっと目を輝かせると、みずきちゃんの左手を引いていた玲央さんからは「はぁ」と呆れたような苦笑いが聞こえた。

「……ふたり分買ってやる。なにがいい？」

「ミックス！」

目の前のチョコレートとバニラのミックスのソフトクリームを指差し、声を揃える私たちがちょっとおかしかったのだろう。玲央さんは「ははっ」と声を出して笑って、ソフトクリームをふたつ買ってくれた。

「みずきちゃん、そこに座って食べよっか」

「うん！」

アイス屋さんのすぐ近く、通路の端にあるベンチに座ると、みずきちゃんと私は買ってもらったソフトクリームをひと口食べる。

「ん～……ひんやりしておいしいねぇ」

「おいしいねぇー！」

「それはなにより」

まろやかなバニラとビター感が控えめなチョコレート、どちらも甘いけれど違った甘さが口の中で溶け合ってたまらない。

おいしさに顔を緩めていると、玲央さんはこちらを見て小さく笑った。

「あっ、玲央さんも食べます？」

「……じゃあひと口」

差し出した私のソフトクリームに、玲央さんは顔を近づけて、小さくひと口食べた。

クリームをかじる唇がなんだか色っぽくて、胸をドキッとさせる。

「ん、かなり甘いな」

「あはは、ですよね」

そう笑って誤魔化そうとしてみるけれど、今更気づく。これ、同じ部分なめたら間接キスになっちゃうよ!?

いちいち意識するようなことじゃないってわかってるんだけどさ、意識せずにはいられないというか。でもソフトクリームだし、彼が口をつけた部分を食べないなんて無理だし。あぁもう、余計なことを考えるな、私！　気にせずガブッといっちゃえ！

なんてことないフリを装い、ソフトクリームをパクッと食べた。が、その瞬間。

「ねぇねぇ、おにーちゃんたちはこいびとなの？」

「ブッ‼」

みずきちゃんから突然たずねられたことに、私は勢いよく吹き出し、「げほっ、ごほっ」とむせ込んだ。

「み、みずきちゃん？　いきなりどうしたの？」

「だって、『おんなのことおとこのこがふたりでおでかけするのはでーとっていうんだよ』ってママがゆってたの！　でーとって、こいびとがすることなんでしょ？」

恋人って！

そんな言われ方をすると、間接キスの後のせいで余計恥ずかしくなってしまう。

けれど、玲央さんはにこっと笑顔を見せたまま。

「みずきちゃん、お兄ちゃんにとってこの人は女の子じゃないから、一緒にいても恋人にはならないんだよ？」

「おんなのこじゃないの？　じゃあなにー？」

「わんちゃん、かな」

って、ちょっと！　子どもになんて言い方してるの！

「コラ！」と睨むと、玲央さんはいたずらっぽい笑顔を見せた。

「みずき、てーあらってくる！」

「ひとりで大丈夫？」

「うんっ」

いつのまにかソフトクリームを食べ終えていたみずきちゃんは、そう言うと、すぐ目の前にあるトイレへと駆けていく。そんなみずきちゃんを見送って、私も続くようにソフトクリームのコーンの最後のひと口をサクッと食べて手をはたいた。

「ごちそうさまでした。はーっ、おいしかった」

満足感に幸せな息を吐くと、彼は笑みを浮かべたまま。

「お前はいつも、なに食べてもおいしそうに笑うな」

「だっておいしいですもん。食べることが大好きですし」

いつだって、おいしいものを食べると、幸せな気持ちに自然と笑顔になれる。だけど玲央さんの前では、いっそう笑みがこぼれてしまう。

「……でも、玲央さんも笑ってくれますよね」

その理由は、あなたもいつも、笑ってくれるから。

「え？」

私の言葉の意味を問うように彼はこちらを見た。

「私、彼氏ができても上手くいかないんです。この食欲ですから、まぁ引かれて当然なんですけど」

えへへ、と笑みを作って話し始めるのは、普段は飲み込んだままの、心に抱えた気持ち。昔から、まったく恋愛に縁がないわけじゃない。だけど誰と付き合っても、終わり方は大体同じ形。

『うわ……引くって。お前と飯食うの、本当恥ずかしいよ』

そう言って、皆、離れてしまう。

「『我慢しなくていいよ』って言われて、素のまま食べると引かれて、でも我慢することは自分へのストレスになって……。そのうち、愛も満足感もどちらも求めるからダメなんだって、気づきました」

女としての幸せとか相手がくれる愛情も、好きなもので満たされる満足感も、どちらも欲しいなんて、そんなのただの欲張り。

『かわいいよ、杏璃』

出会った時のまま、そう言ってほしいのなら、本当の自分を隠さなくてはならない。本当の自分を見せて、それごと愛してほしいだなんて、そんなことは無理だから。

「引かれて傷ついたり、本当の自分を否定されるくらいなら、恋なんてしたくない」

苦しい、窮屈、そんな思いばかりの恋ならいらない。そんな恋なら、したくない。

視線を足元のパンプスに向けると、視界に茶色い革靴のつま先が入り込む。その距離感に、ふと右を見れば、人ひとり分空けて座っていたはずの彼が距離を詰めてすぐ隣にいた。

「お前、さては男を見る目ないな？」

「ちょっと、どういう意味ですか」

「小さい男にばっか引っかかってるってこと」

そう言うと、玲央さんはふっと笑って私の頭をぽんぽんと撫でる。

「俺は、お前の食ってる姿、好きだよ。幸せそうで、嬉しくなる」

「……さすが。お世辞が上手ですね」

褒めたフリでからかおうとしているのだろうか。警戒心から流そうとする私に、彼は「本当だって」と撫でていた頭をそっと寄せた。

「世界で一番、かわいいよ」

耳元でささやく低い声に、胸はドキ、ときめきを感じた。

反則、だ。この距離とか、そんな優しい言い方とか、なにもかも。

彼が言う『嬉しくなる』が、お世辞じゃないいんじゃないかって思えてしまうのは、彼がいつも笑ってくれるから。食べるたび顔を引きつらせた、これまで見てきた人たちとは違う。玲央さんだけはいつも微笑んで、『よく食うな』って言いながらも、私を否定したことなんてない。その笑顔を見ると、いつだってこの心はあたたかな愛しさで溢れる。

「あーっ！」

するると突然、トイレから出てきたみずきちゃんの大きな声が響く。その声に私は慌てて玲央さんから離れると、みずきちゃんの元へ駆け寄った。

「み、みずきちゃんどうしたの⁉」

「あそこ！　ママ！」

みずきちゃんが指差す方向を見れば、そこにはちょうどエスカレーターから降りてくる女性の姿。ママを呼ぶみずきちゃんの声が聞こえたのだろう、こちらを見た女性は目を留めると驚き、バタバタと駆け寄った。

「瑞季(みずき)！　やっとみつけたっ……もう、どこ行ってたの！」

「あのね、おにーちゃんたちがいっしょにさがしてくれたのー！　アイスもねぇ、たべたんだよ！」

小さな体を抱きしめる瑞季ちゃんのお母さんは、茶色いミディアムヘアと、黒いカーディガンが確かに私と同じ格好だ。お母さんのほうがスタイルもいいし綺麗だけど。

そんなことを考えていると、お母さんが私たちに気づき、慌てて礼をした。

「娘が大変お世話になりました！　あっ、お礼を……」

「いえいえ！　私たちも瑞季ちゃんといて楽しかったですし」

ペコペコと深く頭を下げるお母さんの一方で、玲央さんは瑞季ちゃんに視線を合わせるようにしゃがむと、その頭をよしよしと撫でる。

「よかったね、瑞季ちゃん。もうママとはぐれないようにね」

「うんっ、ありがとー！　おにーちゃん！」

　にこっと見せるその笑顔は、先ほどよりも嬉しそうで、こちらも安心する。すると、瑞季ちゃんは「あとねぇ」と言葉を続ける。

「さっきおにーちゃん、おねーちゃんのこと、こいびとじゃないってゆってたけどねぇ、ちがうとおもうなぁ」

「え？」

「ふたりとも、すっごくらぶらぶだもん！　おにーちゃん、おねーちゃんのことだいすきなんだね！」

　ら、らぶらぶ!?

　子どものひと言、そうわかっていても、そんな言われ方をするとは思わず、ぼっと頬が熱くなる。

　あぁ、こんな反応をしたらまた玲央さんに笑われる。

『なに照れてるんだよ』と鼻で笑う彼を想像して、しゃがんだままの彼の顔をチラッと見た。

　ところが、少し驚いた顔のその頬は赤く、その反応にこちらも驚いてしまう。

え？　玲央さんも、照れて、る？　なんで、そんな柄にもない反応を？

戸惑うものの、つられてこちらの熱もますます上がる。ふたりそろって照れる私たちに、みずきちゃんは「ばいばーい！」と、お母さんとともにその場を後にした。

玲央さんも自分が今どんな顔をしているのか、気づいているらしい。顔を私とは反対側に背けたまま、ゆっくりと立ち上がる。

いつもみたいに意地悪な言い方で、からかってくれればいいのに。そんな反応されたら、こっちもつられてもっと恥ずかしくなる。

「……さっさと買い物して帰るか」

そのひと言とともに、赤い顔を背けた彼が、大きな右手を差し出す。その手の意味を測りかねて一瞬惑（まど）い、恐る恐る手を重ねると、ぎゅっと握ってくれた。

「……みずきちゃんの母親、お前と似てたな」

「そう、ですね」

「向こうのほうがスタイルもいいし、美人だったけど」

「ちょっと」

余計な言葉を言いながらも、手はしっかりとつないだまま、ふたり肩を並べて歩いた。

旦那様と勇気

彼とふたりデパートを歩いた時の、つないだ手の熱さとか、大きさとか。それらを思い出してちょっとドキドキしてる。

最近私は、ちょっと変だ。

いちいち彼を意識してしまって、その仕草や表情、姿ひとつにドキドキせずにはいられない。胸が、音を立てずにはいられない。


「企業交流パーティー、ですか？」

ある日の夜。帰宅した玲央さんからのひと言に、首を傾げて聞き返すと、彼はリビングでスーツのジャケットを脱ぎながら頷いた。

「あぁ、明日の夜に六本木でな。業界最大手の『東京国際ホテル』が主催で、ホテル業界のいろんな会社が集まるパーティーがあるんだ」

東京国際ホテル、といえば、国内の著名人はもちろん海外セレブもよく利用しているという、超有名な高級ホテルだ。

そんなところでパーティーだなんて、すごいなぁ。そもそもパーティーというもの自体、私には縁遠くてぼんやりとしたイメージしか浮かばないけれど。

「へぇ……あ、じゃあクローゼットにあるタキシード用意したほうがいいですか？ それともスーツで行きます？」

「パーティー用のスーツ持っていく。普通のスーツで行って向こうで着替えて会場に直行する。あと、お前も同行しろ」

「へ？」

お前も、って、私も？ 一緒に、パーティーに？

「って、え⁉ なんでですか⁉」

驚いてつい、大きな声が出る。

「そりゃあもちろん、籍を入れていないとはいえパートナーを連れていくのは当たり前だからな。そもそもこういう時のためにお前を嫁にしたんだ」

「あぁ……玲央さん、本当は寂しい独り身ですもんね」

「おい、言葉に気をつけろ」

そう言いながら、ぎゅっと私の左頬をつねるその指先に、私は「いててて」と小さく声を上げる。

本当のことじゃんか！　いや、まぁ、私だって人のことは言えないけれど。

逃げるようにその手から離れ、頬をさすった。

「あ、でも私、パーティーに着ていくような服なんてありませんけど」

「だろうな、知ってる」

って、どういう意味！

玲央さんはフンと鼻で笑うと、脱いだジャケットをバサッと私にかけた。

「私服で待っててもいい。十六時にここまで檜山が迎えに来るから、あとは檜山に従え」

「え？　あ……はい」

し、私服でいいの？

思ったよりカジュアルなパーティーなのかな？

そう考えながら、私はかけられたジャケットを手に取りそっとハンガーにかける。

そんな私に、玲央さんはネクタイをほどきながら視線を留めた。

「それにしても、随分嫁が板についてきたな」

「……不服です」

「そうかそうか、不服だろうが働かなきゃいけないのはつらいなぁ」

哀れむような言葉遣いでけらけらと笑いながら、彼は私の頭をぽん、と軽く撫で、一度自室に戻るべくリビングを出ていく。

またそういう嫌味な言い方をしていく。けど、反論できないのがまた悔しい。だけど、この家にいることに慣れてきたのも、楽しいと思えていることも、事実。それを言うのもまた悔しいから言わないけどさ。

撫でられた頭をさすり、彼の手の感触を確かめた。


それからひと晩明けた、翌日。今日もいつものように掃除、洗濯、ノワールの散歩、と家のことを済ませた私は、白いトップスと黒いスカートというなるべく上品な雰囲気の服に身を包み、身支度を終えて十六時を待っていた。

「杏璃さん、では今夜はお夕飯作らないでおきますね。明日の朝の分だけ作り置きしておきます」

キッチンから顔を覗かせた長谷川さんに頷く。

「はい、よろしくお願いします。あっ、あとノワールもまだご飯食べてないので！」

「ええ、あげておきます」

そう話しているうちに、家の前で『プッ』と短いクラクションの音がする。

檜山さん、来たのかな。

リビングの窓から外の様子をうかがえば、家の前には一台の乗用車が停まっている。家の目の前、ということでそれが檜山さんだと確信した。

「檜山さんが来たようなので行ってきますね」

「いってらっしゃいませ。お気をつけて」

バッグを手にしてリビングを出ようとすると、にっこりと手を振る長谷川さんとともに、ノワールもワフッと舌を出して見送ってくれた。

黒いパンプスを履いて玄関から出ると、停まった車には、線の細いスーツの男性。予想通りの檜山さんの姿がある。

開けられた助手席の窓から、彼に声をかけた。

「檜山さん、こんにちは」

「どうも。助手席どうぞ」

相変わらず愛想のない彼は、短く言うと視線で助手席を示す。言われるがまま、助手席に乗りシートベルトを締めると、彼はゆっくりと車を走らせた。先日同様、細い体をグレーのスーツに包んだ彼は、無言のままアクセルを踏んでいる。

「あの、玲央さんは私服でいいって言ってたんですけど、本当に大丈夫なんですか？」

「いいわけないいじゃないですか。もちろんこれから買いに行きますよ」

「へ？」

にこりともせず言われた言葉の意味を問うように首を傾げるものの、彼はそれ以上のことは教えてくれずに前を向いたまま。

そしてしばらく走ったところで車は停められ、「降りてください」と言われるがまま降りた。

見ればそこは、『simple dresser』と書かれた正面がガラス張りになっているアパレルショップ。店頭には黒のロングドレスやピンクのミニ丈ワンピースなどが飾られていることからドレス専門店なのだろう。

「ドレスショップ……ですか？」

「ええ。さっさと来てください」

そういえばさっき『これから買いに』って言っていた。それってつまり、ドレスを買いに来たというわけで。

えっ、でも、けど、と入るのを躊躇っていると、檜山さんは容赦(ようしゃ)なく私の腕を引っ張りお店へ入っていく。真っ白な壁に囲われ、眩しいライトで照らされた店の奥から細身の女性が姿を現した。

「いらっしゃいませ」

「どうも。ガーデンタワー東京の者ですが」

「あぁ！　立花さまからお電話いただきましたよ〜。お客様、こちらへどうぞ」

にこやかに迎えてくれた女性は、状況をすでに把握しているようで、檜山さんとの会話も早々に私の背中を押してすぐ近くの広い試着室へ押し込んだ。

「立花さまのご要望に合わせていくつか用意してみましたけど……うーん、青系や黒系より白系が似合いそうですねぇ」

「えっ、あの……」

「はい、ちょっと失礼しますねー」

にこにことドレスを用意しながら、女性はそのままの勢いで私が着ていた白いトップスをカバッと脱がせる。

「きゃっ、きゃー!?」

「じゃあこちら着てみましょうね〜」

悲鳴を上げながら着せられるドレスについているタグを見ると、【二十六万円】と書かれている。

わ、ワンピース一枚で!?　これは、俗に言う高級ブランドの服!?

「ひっ檜山さん！　まずいです！　私こんなお金ありません!!」

「でしょうね。期待してませんよ」

「えぇ⁉」

試着室のドアの向こうにいる檜山さんに半泣きで訴えると、いたって冷静な声が返ってきた。

期待してませんって、それもそれで複雑だけど。でも自分で買えないならどうすれば⁉　嫌な汗をぶわっとかきだす私に、女性はニコニコとしたまま私の後ろのチャックを上げた。

「お支払いは立花さまから、とうかがっておりますよ」

「えっ⁉　そうなんですか⁉」

「えぇ。『派手すぎず地味すぎず、ドレスから靴、バッグ、と値段気にせず選んでやってほしい』とのお申し付けで。ヘアセットはサービスさせていただきますね」

れ、玲央さんが？　しかも服だけじゃなく、装飾品まで。大丈夫かな、もしかして後で給料天引きとか？　一ヶ月タダ働きしても払いきれないかもしれない。

不安にかられながら、されるがまま、あれじゃない、これじゃないと女性に着せ替えられていく。

そしてショップにやってきて一時間ちょっと。やっと着替えもヘアセットも終わった私は、店内端の椅子に座る檜山さんのもとへ急ぎ足で向かった。

「ひ、檜山さん……お待たせしました」

「本当ですよ。待ちくたびれまし、た……」

眠そうな顔でこちらを見た彼は、私の姿に驚き固まり凝視する。

彼がまるで『信じられない』とでもいうかのような態度になるのもそのはず。

私の身を包むのは、細身のシルエットが大人っぽい、シャンパンゴールドカラーの膝丈のワンピース。そして、それに合わせた色合いのヒールの高いパンプスと、アクセントに紺色のクラッチバッグ。いつも適当にまとめている髪は、綺麗に巻いて右側に流してある。

こんな格好、自分でも初めてで似合っているのかいないのか、よくわからなくなってしまう。

「へ、変ですか?」

「いえ、なんというか……馬子(まご)にも衣装ですね」

「それ褒めてます!?」

いや、バカにされてる！

檜山さんが『素敵ですね』なんてお世辞でも言ってくれないのは、まだ会って二回の私でも予想できたけどさ。この調子だと、玲央さんにも笑われるな。

『馬子にも衣装だな』と檜山さんと同じセリフを言って鼻で笑われるのが想像ついた。

「行きますよ。立花社長は会場で待ってるそうなので」

「あっ、はい」

檜山さんに急かされ、お店の女性の「ありがとうございました～」という声に送り出されながら、お店を後にした。

そして車を数分走らせ、六本木にある【東京国際ホテル】と書かれた大きなホテルの前で檜山さんは車を止めた。

「立花社長が中にいると思いますから、あとは立花社長に従ってください」

「檜山さんは帰っちゃうんですか？」

「会社で仕事の残りを片付けるんですよ。仕事のうちとはいえ、あなたのお供のおかげで残業です」

うっ、すみません。

はぁ、と嫌そうにため息をつく檜山さんに、シートベルトを外しながら小さく謝る。

「いいですね。くれぐれも会社の品位を保った行動をすること。欲望のまま食事をするなんてもってのほかですからね」

「き、肝に銘じます……！」

私の食欲をよく知っている彼は、じろりと睨んで念を押す。

そうだ、今日は玲央さんの付き添いだもん。おいしそうなものがあっても我慢しなきゃいけないんだ。我慢、我慢。食べるとしても食べ過ぎないように。

そう自分に言い聞かせながら檜山さんにお礼を言うと、車を降りて大きな入口へと向かった。

コツコツとヒールを鳴らしながら重いドアを押しホテルへ入ると、そこに広がるのは、高い天井の大きなフロント。金色と赤色で彩られた立派な受付カウンターを挟むように、曲線を描いた赤い絨毯の階段がある。

すごい！　まさしく高級ホテルといったその眩しさに、入口にしてもう気後れしてしまう。パーティーの参加者や宿泊客らしき人々が行き交う中で、私はキョロキョロと辺りを見回した。

「杏璃」

呼ばれた方に振り向くと、そこには今朝出ていった時の黒いスーツとは違う、光沢のあるライトグレーのスーツに同じ色のベスト、えんじ色のネクタイ、といつもよりやや派手めなパーティー用のスーツに身を包んだ彼がいた。

「玲央さん、お待たせしました」

「俺もさっき来たところだ」

まるで恋人同士かのような会話を交わして、彼と合流する。隣に並んだ私に、その目は上から下まで視線を向けた。

「それにしても、随分化けたな」

「化けたって……檜山さんよりひどい言い方ですね」

「檜山のことだから『馬子にも衣装』とか言ってただろ」

檜山さんが私に対してどんな反応をするかなどわかりきっているのだろう。笑いながら言い当てられ、私は苦笑いをした。

「けど、いいドレスだ。あの店のスタッフに任せて正解だったな」

少し乱れた私の前髪をそっと手で整えながらドレスを褒める彼に、そういえばと思い出す。

「あ！　そういえばドレスのお金って、もしかして給料天引きですかね……⁉」

「なわけあるか」

本気顔で質問する私に、玲央さんは呆れた顔をする。

「俺が出す。今日の残業代とでも思え」

「え!?　い、いいんですか？こんな高いの……」

「そんなに自腹で払いたいなら払わせてやってもいいけど」

払えないことがわかっていて、わざと意地悪を言って笑う彼に、私は「うぅ」とそれ以上の言葉を飲み込む。そんな私の反応に満足げに笑みを見せると、玲央さんはホールの入口に目を留めた。

「あの、私パーティーとか初めてでマナーとかわからないんですけど」

「別に細かいことは気にするな。俺と腕組んで胸張って歩いて、あとは笑顔でいればいい」

「けど、」

不安を言葉にしようとする私に、玲央さんは私の腰へ手を回して顔を近づけると、耳元でそっとささやく。

「誰が見ても綺麗だ。だから大丈夫、堂々としてろ」

そう伝える低い声に、心臓はドキ、と強く音を立てる。

それは私を勇気づけるのに充分なひと言。あなたがそう言ってくれるのなら、と背筋がまっすぐ伸びた。

私は玲央さんの腕にそっと腕を絡め、頭ひとつ近く高い背の彼と並んで歩く。

ずらりと料理が並んだ白いクロスがけのテーブルがひしめく、広々としたホールの中を一歩一歩歩いていくと、周囲の人々の視線がこちらへ向くのを感じた。

「見て、立花社長よ」

「素敵～……でもあの隣にいるの誰？　恋人はいないって聞いてたけど」

ひそひそと聞こえる声の間に、チクチクと刺さる視線。それらに顔が引きつりそうになりながらも、笑顔を必死に保つ。

み、見られてる！

緊張感から、つい玲央さんのスーツの袖をぎゅっと握る。

「どうも、立花社長。今日も女性の注目の的で羨ましいですな」

「向後社長。どうも」

声をかけてきた細身の中年男性は、親しい相手なのか、からかうように言って笑うと玲央さんを見て、それから私を見た。

「おや、そちらは？」

「あ……ええと、」

「婚約者の杏璃です。こういった場には初めて同行しましたので、ちょっと緊張してしまっていて」

〝婚約者〟、そう紹介され、恥ずかしさに心臓がドキッと跳ねるけれど、表情に出ないようにぐっとこらえて笑顔を作る。

するとと中年男性は「そうか、そうか！」と笑った。

「君もついにそういった相手を見つけたか！　いやぁ、まだまだ紹介したい女性もたくさんいたのに残念だなぁ」

あ、そっか。お見合い話を持ちかけられるのも嫌だって言っていたもんね。こういう相手がいれば、波風立てず断れるってわけだ。上手く使われているなぁ、と思うとちょっと悔しい。

納得していると、不意に玲央さんがなにかに気づいたように絡めていた腕を離す。

「杏璃、後ろぶつかるぞ」

そして小さな声でそう言うと、背後の人から避けさせるように私の肩をそっと抱き寄せた。肩に直接触れた、彼の大きな手。少し冷たいその体温に、心臓はまた強く跳ねる。そんな風に触れられると、ドキドキする。触れた肩が、熱を帯びる。

変なの。目の前にこんなにたくさんの料理が並んでいるのに、気にならないくらい、心は彼に向いている。熱が顔に、出てしまいそう。ドキドキ、ドキドキと、心臓がうるさいよ。

「おや、立花社長じゃないですか。お久しぶりです」

胸のときめきを落ち着けるようにおさえていると、今度はすらりとした背の高い男性が玲央さんに声をかけてきた。

玲央さんと同じくらいの歳だろうか。この会場内では比較的若い、黒いスーツに身を包んだその人は、面長な輪郭に彫りの深い顔立ちをしていて、やや長めの黒髪がよく似合う。玲央さんとはまた違ったタイプのかっこよさを漂わせている。

玲央さんよりほんの少し背が高く、すらりと長い脚をした彼は、二重の目をそっと細めて微笑みながらこちらを見た。

「関オーナー。お久しぶりです」

にこりと笑みを見せて玲央さんが呼んだ〝オーナー〟という呼び名から、彼も同業者であり、似たような立場の人なのだと知る。

若くてかっこよくてオーナーだなんて、玲央さん以外にもいるんだ。

そう思いながら会話をするふたりをまじまじと見た。

「今日は女性連れですか？　いつもはおひとりなのに珍しいですね」

「ええ、たまには。婚約者の杏璃です。杏璃、こちら『品川クイーンズホテル』のオーナー、関さんだ」

名前を紹介され小さく会釈をすると、関、と呼ばれた彼は深く礼をした。

「初めまして。関和成と申します」

「あっ、三浦杏璃と申します」

関和成さん、かぁ。

品川クイーンズホテルといえば、ガーデンタワー東京と同じくらい有名なホテルだ。一度だけビュッフェランチに行ったけれど、おいしいのにメニューが少なかったのが少し残念だった。でも、絶品だという噂の最上階にあるフレンチレストランにはいつか行きたいと思っていたんだよね。

「さすが立花社長。婚約者もお美しいですね」

「え!?　い、いえ……」

う、美しい!?

正面から言われるとは思わず、恥ずかしくなってしまう。けれど、玲央さんは「いえ、そんな」と落ち着いた様子のまま。

なんだか物腰柔らかくて優しそうな人だなぁ。玲央さんも年の近い同業者ということで、仲がいい相手なのかも。

「こんなかわいい婚約者と過ごしていれば、仕事に身が入らないのも当然ですね。聞けば前期の経営利益、予想ほど上がらなかったそうじゃないですか」

――ところが。関さんのそのひと言で、ふたりの間の空気がピリッとする。

「ご心配には及びません。今期は予想以上に好調ですし、愛しい人がいると頑張り甲斐もあるものです。あ、恋人のいらっしゃらない関オーナーに失礼でしたね。すみません」

反論する玲央さんも、丁寧な言葉の中にピリピリとした空気を漂わせている。笑顔で交わす会話の裏に、バチバチと火花が散っているのが目に見えるよう。

あれ、もしかしてこのふたりあんまり仲よくない⁉

仲がいい、なんて表面上だけだった。同世代の同業者となればライバルになって当然か。しかもホテルの知名度や評判も同じくらい、となれば余計だよね。

笑顔で嫌味を飛ばし合うふたりにはさまれ冷や汗をかいていると、不意に関さんがなにかに視線を留めて笑みを浮かべる。

「……あ、そうだ。立花社長、あちらにピアノがありましたよ。一曲弾いてみてはどうですか？」

「え？」

「聞きましたよ。確か、海外で活躍されてた天才ピアニストなんですよね？　いやぁ、一度生で聴いてみたいなぁ」

なっ！　この人、いきなりなにを!?

関さんは玲央さんの背中をグイグイと押し、ホール前方にあるグランドピアノの前まで連れていく。

ピアニストだったことを知っているということは、手を壊し引退したということもきっと知っているはず。それでも尚、玲央さんにピアノをと言うということは、彼に『弾けない』と言わせて恥をかかせようとしていることは明らかだ。

それを裏付けるように、関さんは周りに聞こえるように声を大きくする。その声に、周囲の人々が「立花さんのピアノ？」「天才ピアニストの復活か！」と期待に膨らむ声を上げる。

どうしよう。これだけ周りが騒ぎだすと、いくら玲央さんでもあしらえないだろう。

――でも、と思い出すのは、以前玲央さんが話してくれたこと。

『手は治ってるのに、トラウマのせいで人前ではピアノが弾けなくなるなんて』

これじゃ関さんの思うツボだ。

人々の視線がピアノと玲央さんに集まる中、関さんは思惑通り、とでもいうかのように嫌な笑みを浮かべている。

けれど、そのまま玲央さんをピアノに向かわせることはできない。待って、これ以上、彼の心を傷つけないで。

その一心で、私は玲央さんの背中を押す関さんの腕をガシッと掴んだ。

「待ってください！」

突然の声に、玲央さんと関さん、そして周りの人は驚いた顔で私を見た。

「……なにか？　婚約者さん」

「あの……玲央さんは、その、今日はあまり調子がよくなくて、……だから」

「なにをおっしゃるんですか。天才ピアニストと呼ばれたような方ですよ？　少しの不調くらい、大丈夫ですよねぇ」

それでも、関さんは譲ることはない。

「それとも、代わりにあなたがピアノを弾いてこのパーティーを盛り上げてくださいますか？　……まぁ、素人が下手な演奏をしても恥をかくだけだと思いますけど」

わかってる。こんな引き留め方をしても、この人がこの機会を逃すわけがないし、余計に人々の目は集まり、分が悪くなるだけだと。

だけど、これ以上玲央さんから、ピアノを遠ざけてしまいたくない。たくさん傷ついただろうその心を、守りたい。なのに、どうして私にはなにもできないんだろう。

上手な言葉のひとつも出てこなくて、子どものように引き留めることしかできなかった。そんな自分が悔しくて、手が微かに震えだす。

するとそんな私の手を長い指がそっと包んだ。それは玲央さんのもので、彼は私の手を握ると、関さんから離させた。

「玲央、さん……?」

「杏璃。大丈夫だから」

でも、と言葉を続けようとするものの、彼が見せた優しい笑みに、その言葉が強がりではないことが感じられる。

玲央さん? 大丈夫、なの?

こちらの不安を拭うように、玲央さんはぽん、と私の頭を撫でると、そのまま目の前のピアノの前に座る。そして静かにフタを開け、そっと鍵盤に触れた。

ゆっくりと玲央さんが弾き始めた曲は、初めて耳にする曲。クラシック曲であろうその曲は、希望を感じさせるような明るいメロディーだ。

ところどころに低い音が入り、重みのある音が切なさを響かせるけれど、流れるように動く指先が奏でる音たちが、幸福感で包んでしまう。

その場にいた全員が言葉を発することなく見惚れていた。

先ほどまで嫌味な笑みを浮かべていた関さんも、そして私も同様で、一瞬で彼の音色に惹きつけられ、その世界に入り込む。

幸せな、音色。

きっと、他の誰が弾いても同じ音は出せない。それは、幼い頃からピアノに向き合ってきた彼だからこそ、大きな悲しみを背負ってきた彼だからこそ、奏でられる音なのだろうと思った。

見惚れるうちに、最後の音の余韻が消える。その瞬間、時間が止まったかのように会場内はシンと静まり返り、ひと呼吸おいてから一斉に歓声が上がった。

「素晴らしい！　さすが立花さんだ！」

「素敵だったわ……ぜひもう一曲お願いできないかしら！」

拍手と絶賛の声に、玲央さんは安心したように息をひとつ吐くと、イスから立ち上がる。

「突然お騒がせして申し訳ありません。一曲だけ、余興として弾かせていただきありがとうございます」

言いながら深く礼をすると、彼は私の隣の関さんを見て手で示す。

「拍手はぜひ、私ではなくこのような機会をくださったこちらの関オーナーに」

玲央さんのひと言に、言われた通り、その場の人々は関さんへと拍手を向けた。

てっきり玲央さんに恥をかかされるとばかり思っていたのだろう、拍手を送られた関さんは戸惑い、バツの悪そうな顔で玲央さんを睨んだ。

「今のうちに行くぞ、杏璃」

「え？　あっ、はい！」

その隙に、と玲央さんは私の手を引いて歩きだすと、人の輪から外れていった。

ヒールの足元で必死に彼の後をついていく。けれど、そんな私の手を引く彼の手が、微かに震えていることに気づいた。

手、震えてる。きっと、怖かっただろう。緊張、しただろう。だけど、それでも乗り越えてあんなに素敵な曲を聴かせてくれた。この大きな手が、愛しい。

玲央さんと私は、そのままホールの一番端にある人目につかない小さなテラスに出た。ひゅう、と吹いた夜風が少し冷たくて、ドレスから露(あら)わになった肩を無意識にさすると、玲央さんはそれに気づいたようにスーツのジャケットを脱いで私の肩にそっとかけてくれた。

「すみません、ありがとうございます」

「いや、いい。少し風が冷たくなってきたな」

隣に並ぶように立つ、ジャケットと同じ色のベスト姿になった彼は、夜風にふわりと茶色い髪を揺らす。

「さっきの曲、なんていうんですか？」

「プーランクの『メランコリー』だ。曲名は少し暗いが曲自体は明るくて、好きな一曲でな」

小さく笑いながら言う彼に、感じたのは〝やっぱり〟という感想。

「玲央さんが好きな曲なんだって、聴いてすぐわかりました」

「え？」

「だって、すごく楽しそうで幸せそうで……好きだっていう玲央さんの気持ちが、とってもまっすぐに伝わってきたんです」

鍵盤を弾く指先が、微かにこぼれた笑みが、彼の胸に溢れる希望を示していた。

そんな想いを率直に伝えると、玲央さんは少しだけ驚いたような表情を浮かべる。

「あ、でも手は大丈夫でしたか？　痛くなったりとか……」

そう言いかけた、瞬間。玲央さんは伸ばした腕で私を正面から抱きしめた。突然体を包む力強い腕に、戸惑い驚きながらも、その腕の中におさまったまま。

「れ、玲央……さん？」

「……かっこ悪いよな。まだ手、震えてる」

　ここまで私を連れてきた彼の手は、私を抱きしめる今も微かに震えている。それを包むように、私はそっと手を添えた。

「人前で弾くのなんてあの日以来でさ……本当、緊張したし、怖かった。……けど、杏璃のおかげだ」

　耳元で聞こえる低い声に、問い返すように見上げると、彼の顔は私をまっすぐに見つめている。

「杏璃が、ピアノに対する気持ちと向き合うチャンスをくれた。自分の本当の思いに気づかせてくれた。……こんなかっこ悪い俺を、守ろうと、必死になってくれた」

　その言葉は、私のしたことがムダじゃなかったと伝えてくれている。

「だから俺も、勇気を出さなきゃいけないって。そう思えたんだよ」

　抱きしめてくれる彼の心臓の音が、ドキドキと伝わってくる。それにつられるように、私の心臓も音を立てた。

　愛しい、その感情が強く込み上げてくる。

「いつか、あのピアノでも聴かせてくださいね」

　いつの日か、あの部屋のピアノをその指が奏でることを想像してつぶやくと、耳元で彼が微笑んだ気がした。

耳の奥に、まだ彼の音色が残ってる。

夜空に浮かぶ明るい満月を見上げながら、そのメロディーと、彼の言葉を、しっかりと心に刻んだ。

旦那様には秘密

　玲央さんの家で暮らすようになり、一ヶ月ほどが過ぎた頃の、よく晴れた日曜日。私の姿は友人の結花とともに、自由が丘のビュッフェレストランにあった。

「いっただきまーす！」

　テーブルに並べたたくさんのお皿を前に、満面の笑みを浮かべると早速フォークを手に取った。

　最初のお給料が出たこと、しかもそれが予想以上の金額だったことから、久しぶりに結花と会い、新しくオープンしたお店に食事をしにやってきたわけだ。

　評判通りの味、なかなかおいしいなぁ。でもパスタの茹で具合は、長谷川さんが作ってくれるほうが好みかも。しかも長谷川さん、いつも私の食べっぷりを考慮して玲央さんの倍の量を用意してくれているんだよね。

　先日玲央さんが『最近食費かかってるなー……』とボヤいていたのを思い出し、気まずくなってしまう。それでもその後、『冗談』って笑ってくれるんだけどさ。

　そんなことを考えていると、目の前の結花は食事も始めず固まったまま。

「どうしたの？　食べないの？」

「いや、情報処理に頭がついていかなくて……っていうか、さっきの話本当なの⁉　妄想じゃなくて⁉」

「うん、本当だけど」

それが、先ほど話した〝最近一緒に食事に行けなかった理由〟に対する結花の感想だ。

会社が倒産したこと、就職に苦戦していた時に偶然玲央さんに会ったこと、彼が嫁として雇ってくれて、立花家で暮らしていること。

こうして改めて振り返ると、確かに妄想と思われてしまいそうなすごい展開だ。結花が信じ難いのもわかる。それでも私がふざけているわけでも、妄想を言っているわけでもないと察し、ようやく事態を飲み込めたのだろう。結花は「本当なんだ……」と納得する。

「けど、立花さん本当いい人だね。雇うだけならまだしも住み込みで食事つき……性格悪いから独身、は撤回だ」

「うん。毎日忙しそうだし、恋人とか作る時間ないだけかもって思った」

笑いながら、お皿の上のサラダをひと口食べた。そんな私に、結花はじろ、と視線を向ける。

「けどさぁ……それってどうなの？」

「へ？」

それ、って？

意味がわからず、キョトンとした顔で聞き返す。

「男女が同じ屋根の下で暮らしているのに、色っぽいことのひとつもないって！　悲しくないの!?」

「い、いや、でも私はただの嫁のフリだし、寧ろ玲央さんは手当たり次第、手出しするタイプでもないだろうし」

「とはいえ異性よ!?　そう意識されないくらい、杏璃には女としての魅力がないってこと」

うっ。確かに、女性というよりはノワールと同じ括りで扱われている気がする。

そう思うと、玲央さんが私の頭を撫でる姿とノワールの頭を撫でる姿が重なってしまう。

「ていうか、前から思ってたけど、杏璃見た目は悪くないんだから、もっと本気で彼氏作ってみなよ」

呆れたように結花に言われて、私は眉間にシワを寄せて嫌がった。

「えー……いいよ。彼氏とか作ると我慢すること増えるし。ストレス溜まるし」

「あんたはちょっと我慢すること覚えな！　それにそんな食べ方してると、そのうち体もおかしくするよ！」

「私はそのうちのことを考えるより今をおいしく生きたいの！」

そう言い張って「ふんっ」とお皿の上のチキンをぱくっと食べる。そんな私を見て結花は少し考えてから思い出したように言う。

「あ、そうだ。ちょうど彼氏の先輩が彼女募集してるらしくてさ！　せっかくだし紹介してあげよっか」

「結花の彼氏の、友達？」

「聞いた話イケメンだしお金持ちらしいし、いいと思うよ？　それに嫁のフリなんて変な仕事するくらいなら、本当に誰かと結婚して専業主婦にでもなればいいでしょ！」

ま、まぁ確かに、結花の言うことも一理ある。けれどどうせ一緒に食事に行けば、引かれるのは目に見えている。玲央さんだったら、笑って受け入れてくれるんだろうけど。

『世界で一番、かわいいよ』

以前彼がくれたその言葉を思い出すと、ドキ、と胸が鳴った。その感情に、食事がまた喉(のど)を通らなくなってしまう。

その夜。夕食を食べ終え、食器を片付けていると、ポケットの中のスマートフォンが短く震えた。

なにげなく内容を確認すると、【水曜の夜、空けておいてね!】の文字とハートの絵文字。結花からのメールだった。その文面から、彼氏の先輩とやらに早速連絡を取って予定を作ってもらったのだろうと察した。

今週水曜の夜。玲央さんはちょうど食事会で帰りが遅くなるから、大丈夫。でも一応、言っておこうかな。

「杏璃、このシャツ、アイロンかけておいてくれ」

「あっ、はい」

一度リビングから出た玲央さんは、白いワイシャツを手に戻ってくると、私の手元のスマートフォンに目を留めた。

「めずらしいな、お前がスマホいじってるなんて」

「結花からメールが来てて……」

玲央さんは「そうか」とだけ言うと、手を伸ばした私にシャツを手渡す。

「あの、今週の水曜、夕方から出かけてもいいですか?」

「あぁ、別に構わないけど。どうかしたのか?」

「えっ! あ、あー……その、友達と、久しぶりにごはんでも行こうかって話してて」

って、つい隠してしまった。仮であろうと一応夫という立場の玲央さん相手に、『男の人と会う』とは言いづらいし。いや、まぁ彼からすれば、私が本当の結婚相手を見つけても、他の誰かに頼めばいいだけだし、どうでもいいことだとはわかっているけど。

そう思うと、なんだかちょっと切ない。

少しぎこちない答え方にも、彼はそれ以上問い詰めることはなく、私の頭をぽんと撫でる。

「帰り、あんまり遅くならないようにな。この辺、夜は人気がなくなって危ないから」

頭に置かれた彼の手が今日も優しくて、胸を小さく揺らす。

私の心臓は、彼の優しさに触れるたびに音を立てる。けれど、それと同時に思うのは、彼がこんなにも優しくしてくれるのは、私が嘘の妻だからなんだろうということ。雇っている側の責任があるから。それ以上の気持ちはない。当たり前なのに切なく感じるのは、どうしてだろう。

そんなモヤモヤとした気持ちを抱えたまま、迎えた水曜日。

十九時の新宿駅で、私は花柄のスカートと肩に羽織った青いカーディガンを揺らし、人ごみの中を急ぎ足ですり抜ける。

「あっ、杏璃！　こっちこっち」

東口に出てすぐ、こちらに向かってひらひらと手を振る結花を見つけて、手を振り返す。

「ごめん、遅くなっちゃった……」

「相変わらずギリギリ遅刻だよねぇ、杏璃」

「出がけにノワールにスカートに泥つけられて……着替えてたらこの時間で……」

余裕を持って出てくる予定だったのに。

息を切らせながら顔を上げると、笑う結花の隣にはひとりの男性の姿がある。この人が、結花の彼氏の友達。とよく見れば、それはスーツを着た背の高い男性。面長な輪郭に彫りの深い顔、右で分けた黒い髪と、どこかで見た風貌だ。

あれ、この人どこかで——。

その印象は彼も同じらしい。私の顔を見て、少し驚いた表情を見せる。

「杏璃、紹介するね。私の彼の大学の先輩で、関さん。関さん、この子が私の友達の杏璃です」

〝関さん〟、結花が言ったその名前で、思い出す。

どこかで見た記憶があるこの彼は、先日玲央さんと行ったパーティーで会った、最低最悪なあの男だということ。

「あっ……あー‼」

思わず関さんを指差し大きな声を出してしまうと、周囲の人々が何事かとこちらを見た。

「あれ、もしかして知り合いだった？」

「知り合いもなにもこの男……むがっ」

結花に先日のことを言おうとすると、彼はすかさず右手で私の口を塞ぎ、にこりと笑顔を見せる。

「この前仕事の関係で行き会ったんだ。けどこんな風に再会するなんてびっくりだよ」

「そうだったんですか。ならよかったです。じゃ、杏璃！　私は帰るから！」

関さんのにこやかな言葉を聞いて、すぐ帰ろうとする結花に、私は口を塞ぐ手から逃れ、結花の薄手のジャケットをガシッと掴む。

「え⁉ 一緒にいてくれるんじゃないの⁉」

「三人でデートしてどうするの！ じゃ、仲よくね！」

「まっ待って……」

結花は私の手をバッと払うと、急ぎ足でその場を去っていってしまった。

そ、そんな！ 待ってよ結花ー‼

心の中の叫び声もむなしく、その場には関さんと私ふたりだけが残される。先日の彼が玲央さんに対しておこなったこともあり、不快感を隠すことなく睨むと、関さんは『どうするかな』とでも言うかのように頭をかく。

「……とりあえず飯でも行くか？ せっかく結花ちゃんが取り持ってくれたんだし」

先日の丁寧な言葉遣いとは違う、この少しくだけた話し方のほうが素なのだろう。

「嫌です。あなたと食事するくらいなら帰ります」

「そう言うなって。来いよ」

「は⁉ ちょっ、離して……」

私を引っ張るようにして歩きだす関さんに、その腕を振りほどくことができずに連れられていく。

着いた先は、新宿駅から程近い場所にある、小さなイタリアンレストラン。高級というよりは隠れ家的でおしゃれなそのお店の個室で、渋々ながら彼と向かい合って座り、運ばれてきたシャンパンをひと口飲んだ。

もちろん、彼と乾杯などはせずに。

「こちら本日のおすすめディナーコースの前菜、サーモンとアボカドのマリネになります」

店員さんがテーブルの上に並べてくれたのは、サーモンのピンク色とアボカドの緑色が彩りよく飾られたマリネ。よく絡んだドレッシングの、酸味のある香りがたまらない。

おいしそう、だけど！　こんな男の前で気を許し食事をするわけにはいかない。料理を見つめながらも、食べたい、という正直な気持ちをぐっとこらえる。

「食わないのか？　うまいぞ。心配しなくてもこれくらい奢ってやるよ」

「た……食べるわけないじゃないですか！　あなたなんかと食事なんて、せっかくのおいしいごはんもまずくなります！」

ふん、と突っぱねるように顔を背けると、関さんはつまらなそうにこちらを見る。

「へぇ？　じゃあ本当にまずくなるか試してみれば？　はい、フォーク持って、ひと口食べて」

　言われるがまま、フォークを持って、サーモンとアボカドをぱくっと食べる。うん、柔らかなふたつの味が口の中で溶け合って、そこにまたドレッシングの酸味がよく絡んで——。

「おいしい……」

　はぁ、と幸せな笑みをこぼし味を噛み締めると、目の前の彼はフフンと笑う。

　って、はっ！　のせられた！

　けれど、ひと口食べてしまうともう止まらない。残したらもったいないから！　作ってくれた人にも食材にも失礼だから！　そう自分に言い聞かせるようにもぐもぐと続けて食べた。

「つーかさ、お前……杏璃、だっけ？　立花の婚約者って言ってなかったっけ」

「はっ‼」

　そ、そうだった！

　言われてからようやく思い出す。そうだ、先日のパーティーで玲央さんは私を婚約者として紹介していたんだった。そしてもちろん、関さんにもそう紹介していたわけで——まずい、嘘だってバレた‼

「浮気、って感じでもないし……あ、もしかして婚約者なんて嘘だったとか？」

心を読むようなそのひと言に、ギク、と心臓が嫌な音を立てる。

この男にだけは嘘だと認めることはできない。けれど、婚約者を貫き通しても『立花の婚約者が浮気してる』と噂を立てられたらまずい。

だらりと背中に嫌な汗をかき、フォークを持つ手を止める私に、彼はにこにこと笑みを浮かべた。そして、前菜とその後のパスタを食べ終え、目の前に二つ目のメイン料理であるトマトで煮込んだチキンが出された頃には、私は関さんに本当のことを洗いざらい吐き出させられ、がっくりとしてすべてを認めた。

「へぇ。嫁のフリ、ねぇ」

「……はい」

はぁ、私のバカ。

嘘をつき通せないからと言って、よりによってこの男に本当のことを話してしまうなんて！

「まぁ、ひとりで行くとあれこれ言われるからな。面倒だっていう気持ちはわかるよ」

彼も同じようにひとりでいればあれこれ声をかけられるのだろう。想像がつくというようにふっと笑う。

「けどこうして紹介してもらうってことは彼女が欲しいってことですよね？　ならその人たちからも紹介してもらったらどうですか？」

「おっさんたちが紹介するのはお嬢様ばっかりだからな。好みじゃない」

好みじゃない、って、あくまで自分が選ぶ立場なのね。相手だって願い下げ、喉まで出そうになったそのひと言を飲み込んだ。

「しかしこの前のは正直驚いたよ。立花、ピアノ弾けないって聞いてたんだけどな。普通に弾けるじゃん」

〝普通に〟、彼の心を無視したその言い方に、ピク、と耳は反応し、私は手にしていたフォークをガチャン！とテーブルに叩きつけるように置く。

「……普通になんかじゃありません。玲央さんは、精いっぱい勇気を出して弾いていたんです」

なにも知らないくせに。

彼の震える手も、苦しんだ過去も、痛みも、恐怖も、なにひとつ。知らないくせに、表面だけ見て言わないでよ。

「だからもう二度と、ああいうことはやめてください」

真剣な顔で言った私を、彼はフォークを持ったまま、ふっと鼻で笑った。

「……嫌だね」

「なっ……」

「俺からすれば、あいつは目障りでしかないから。同業者で歳も近いし、業績やホテルの知名度も近い。正直恥でもかいて自社より下がってほしいと願うのは、経営者として当然だろ」

恥でも、かいて？

そんな自分のちっぽけなプライドなんかのために、玲央さんを陥れようとするなんて、そんなの最低だ。込み上げる怒りが頭の中で爆発した瞬間、私は手元のグラスを掴み、中に入っていたシャンパンを思いきり彼にかけた。

バシャッと軽い音とともに、それまで嫌味な笑みを見せていたその顔が水滴で濡れる。

「いい加減にしなさいよ……玲央さんに勝ちたいなら、そんな姑息なことしないで、仕事で成果出しなさいよ！　ガキ‼」

張り上げた大きな声が、小さな個室の中にビリビリとするほど響く。

きっと外にも聞こえているだろう、けれどそれでもお構いなしに、私はバッグから財布を取り出し、一万円札をテーブルにバン！とこれまた勢いよく叩きつけた。

「あなたに奢ってもらわなくても、これくらい払えますから‼」

そのまま部屋を出ようとした、その時だった。

その手は私の腕をガシッと掴むと、引き止める。

「なに⁉　まだなにか……」

文句でもあるのかと、喧嘩腰で言おうとした。けれど関さんは、濡れた顔をずいっと近づける。

「……俺にたてつくとは上等だ」

「へ？」

「お前、自分が弱み握られてる立場だってこと、忘れてるみたいだなぁ？　お前と立花の嘘、周りにバラしても構わないんだぞ？」

周りにバラすって、つまり、玲央さんの仕事関係の人に言う、ということ⁉

口元に笑みを浮かべてはいるものの、笑っていない目から怒っていることは明らかで、血の気がサーッと引いていく。

「あ……えと、その」

「決めた。お前落として『立花の女奪った』って触れ回ってやるから」

「え⁉」

それって、どういう意味⁉

すぐに意味が理解はできなくても、その言葉にいい意味が含まれていないことだけはわかる。

顔を青くしていると、関さんは私がテーブルに置いた一万円札を私の胸元にトン、と押し付け返した。

「次の日曜も空けておけよ。よろしく」

そしてそのひと言を残し、ひと足先に個室を出ていった。

——あ。これ、まずい。完全に弱み、握られた。

ひとりその場に残された私は、嫌な想像とともにその場に立ち尽くすことしかできずにいた。


ど、どうしよう。関さんに弱み握られてるのに、啖呵切っちゃうなんて、最悪な展開だ。

「はぁぁ〜……」

がっくりと肩を落として帰り道の住宅街を歩いていると、ピロン、とスマートフォンが鳴る。

それは結花からのメールで【関さんから、また会いたいって連絡きたよ！　上手くいったみたいだね〜！　次の日曜日も十九時に新宿駅で待ち合わせしたいって伝言あったよ】と、すっかり誤解している様子の内容。

って関さん、早速結花に連絡したんだ！

次の日曜も空けておけって言われたけど、詳しい話はされなかったし、連絡先も交換してないからしらばっくれられると思いきや、結花を通してくるなんて。

逃げ場がない、そう実感してメールを返す気力もなくスマートフォンをしまった。

そして立花家の門を開けようと手をかける。

「おかえり」

「へ？」

意外な声に顔を上げると、そこにはスーツ姿のまま、玄関のドア前に座り込む玲央さんと、こちらを見るノワールがいた。

「玲央さん。どうしたんですか？」

「帰ってきたらノワールが庭に出たがったから。遊ばせてた」

へっへっと舌を出して駆け寄ってくるノワールの頭を撫でた。玲央さんはこちらを見ながら立ち上がり、私が開けたままだった門をそっと閉じた。

「思ったより早かったな。なにかあったか?」

「へ⁉　あ、いえ……」

関さんのことは、玲央さんには言わないほうがいいよね。一緒に食事に行ったなんて思われるのもなんか嫌だし、玲央さんも関さんのことはよく思ってなさそうだし、変に気にさせるのも嫌だ。

「な、なにもないですよ。友達の都合で早く帰ることになっただけで」

えへへ、と笑って隠すと、私は玲央さんとノワールとともに家の中へと入っていった。

完全に関係ないことでもないし、言うべきことなのかもしれない。けれど、ただでさえ忙しい彼に余計なことを考えさせたくないし。

できるだけ、自分で片付けてみよう。そう、私は私なりに関さんと戦うんだ。

それから数日が経ち、迎えた日曜日。高級和食料理のお店には、向かい合う関さんと私の姿があった。

ふたりの間の大きなテーブルには、ずらりと並べられた大量の料理。それは、『ご馳走してやるよ』と言う関さんに対し、私が容赦なくいつもの調子であれもこれもと頼んだ結果だった。

「……なんだこれ。お前こんなに食べるの？」

「言ってませんでしたっけ。私、超大食いなんです。関さんがご馳走してくれるっていうから甘えちゃいました」

とぼけるようににこりと笑って、目の前にあるお皿の上のお寿司を、まるでお菓子をつまむかのようにパクパクと軽く食べる。そう、私なりの関さんとの戦い方。それは素を全開にして彼を引かせるということだった。

自慢じゃないけど、この食べっぷりでこれまで何人もの異性を引かせてきた。今まではそれを引け目に感じていたけれど、寧ろ彼が私から興味をなくしてくれるのなら、遠慮はいらないだろう、というわけだ。

空になったお皿を一枚、二枚、三枚とどんどんと積み上げていくと、関さんは『うわー……』と予想通り引き気味な顔を見せた。

「痩せの大食い、ってやつ？　すごい食いっぷりだな。男に引かれない？」

「引かれますよ。けどいいんです、おいしいものが好きだから」

海老のてんぷらをサクっと噛む。ぷりぷりとした食感がたまらなくおいしくて顔が緩みそうになる。けれど、この男の前でそんな顔は見せたくないと、私はぐっと歯をくいしばる。そんな私を、関さんは呆れたように笑った。

「見た目は悪くないのにもったいない。俺、お前みたいな食費かかりそうな女、絶対結婚したくねーわ」

「私だってあなたみたいな嫌な人間とは結婚したくありませんから！」

なんであくまで自分が選んでやる立場なんだか！

その態度がまた憎くて、ふんっと顔を背けてグラスの水を飲む。

「それに、別にわかってくれる人だけわかってくれれば、それでいいですし」

ぼそ、とつぶやきながら自然と胸に思い浮かぶのは、玲央さんの姿。

『幸せそうで、嬉しくなる』

そう言って、笑ってくれた。その笑顔ひとつで、これまで何度も感じた悲しさも消えてしまう。

「それって、立花のこと？」

心の中を読むかのように突然言い当てられた〝立花〟の名前。ドキッと跳ねた心臓の動揺を表すかのように、私は飲みかけの水をブッと吹き出した。

「な、なんで……」

「これまでのお前の立花への入れ込みようを見てるとな」

自分ではあまり見せていないつもりでも、彼はなにかを察していたのだろう。返す言葉が見つからず、私は黙って濡れた口元を紙ナフキンで拭う。

そんな私に、彼は自分の前に置かれた水をひと口飲んで納得したように言う。

「けどなんとなくわかったよ。ただの他人のはずが、婚約者のフリしたり、立花のことで自分のことみたいに怒るわけ」

「え？」

「初めて理解してくれた、ただそれだけだったんじゃないのか？　刷り込み、っていうか。別に相手が立花じゃなくても同じ気持ちになってただろうな」

彼に対して抱く心は、〝刷り込み〟？

雛鳥が、初めて目にしたものを親だと思い込みついていくように。初めて理解してくれたから、だから彼に心を開いているだけで。この心に、それ以上の気持ちはない？

――ううん、違う。

「……違います。そんなんじゃ、ない」

関さんの目を見てはっきりと否定すると、彼は嘲笑うように「へぇ」と声を出す。

「じゃあなんだよ。顔？　役職？　あ、やっぱり金？」

違う。そんなものじゃない。

この心が彼に傾く理由は、そんな簡単なものじゃない。けれどそれを彼に伝えることは躊躇われる。

「いろいろです！　いろいろ！」

適当にあしらうと、箸を手に取り食事を再開する。関さんはそれ以上追及することなく、相変わらず嫌味っぽい笑みを浮かべたまま同じく箸を手にとった。

刷り込み、なんて。そうじゃない。

確かに、理解してくれたことも、言葉も嬉しかった。けれど、それは玲央さんがくれたものだからこそ、感じられる気持ちだ。誰でもいいわけじゃない。

この心にその笑顔が焼きつくのも、顔だとかお金だとか、そんなものが理由じゃない。そう、はっきりと言い切れる。


「ありがとうございました、またお越しくださいませ」

二時間ほど経ち、食事を終えた関さんと私は、店員さんの深いお辞儀に見送られるように店を出た。

いくつものお店が並ぶ通りを歩きながら、関さんは呆れたような苦笑いを浮かべる。

「……本当お前、容赦なく食べたな。金額すごいことになってたけど」

「それほどでも。ごちそうさまでした」

よほどの金額になっていたのだと思う。これまでの仕返し、と言わんばかりに「ふふん」と笑ってみせる。

「車あるし送る。もう遅いし」

「結構です。まだ電車ありますし、タクシーでもいいですし」

「そんな断らなくても……あ」

突然、彼が立ち止まり、どうしたのかと私も足を止める。

そして少し驚いたように、右隣を歩く私とは反対方向を見つめる彼につられて、覗き込むように同じ方向を見る。すると、なんとそこにいたのは同じく足を止めてこちらを見ている玲央さんだった。

「えっ……れ、玲央さん!?」

どうしてここに!?

思わず大きな声を上げると、それまで関さんの方に向いていた視線がこちらに移り、驚いたように目を丸くする。

「杏璃!?　どうしてここに……しかも、どうして関と?」

「え⁉　あっ、あー……」

って、しまった！　隠れて逃げておくべきだった！

玲央さんもまさか関さんと私が一緒にいるとは思わず、驚きを隠せないのだろう。先日は〝関オーナー〟と呼んでいたにもかかわらず、素であろう〝関〟という呼び方が出てしまっている。

けどどうしよう、この状況をなんて言えば！

冷や汗をダラダラとかきながら焦っていると、そんな私を気にもせず、関さんはにこりと笑う。

「立花社長、どうも。こんなところでお会いするなんて奇遇（きぐう）ですね」

「あ……ええ。付き合いで、そこの店で少し食事を」

食事を終えて帰るところだったのだろう。右手に鞄を持った彼は、近くのイタリアンレストランを目で指す。

「そちらこそ、どうして杏璃と？」

「友人の紹介で縁あって知り合いまして。デートしてたんです」

にこりと笑い、私の肩を掴んで抱き寄せると、関さんは言葉を続ける。

「聞きましたよ。彼女、ただの他人だそうじゃないですか。立花社長ほどの方が嘘をついてまで見栄を張るなんて……他社に知られたら格好つきませんねぇ」

それは、『お前の弱みを握ってるぞ』とでもいうかのように挑発する言い方。

ピク、と眉間にシワを寄せる玲央さんに、関さんはニヤ、と嫌な笑みを浮かべて私に視線を戻す。

「杏璃、彼と帰るよな？　じゃあ、俺はここで。また連絡するよ」

そしてひらひらと手を振ると、彼はその場を後にした。

また余計なことを‼　どうせバレることかもしれないけれど、わざわざ挑発するように言い残していかなくてもいいじゃない！

心の中で怒るように叫んでも、当然関さんには届かず、残された玲央さんと私の間には気まずい無言の空気が流れる。

「あ、あの……玲央さん？　えーっと……」

勇気を振りしぼって会話を切り出そうとした、その時。突然、玲央さんが私の腕を掴み引っ張ると歩きだす。

「わっ、玲央さん？」

いきなりなに？

驚き、戸惑いながらついていく私に、玲央さんは背中を向けたまま無言だ。そしてそのまま少し歩くと、近くの駐車場に停めてあった彼の白い車に乗り込んだ。

玲央さんは無言のままキーを差し込むと、車を走らせる。車内が、気まずくぎこちない空気で埋め尽くされる。

そのまま車を走らせ続け、十五分くらい経った頃だろうか。目黒にさしかかったところで、玲央さんは突然口をひらいた。

「お前、なんであいつといた?」

あいつ、というのは、もちろん関さんのことだろう。突然切り出されたその話題に驚いて、一瞬声が詰まるけれど、慌てて答える。

「結花の彼氏の先輩だったらしくて……その、紹介されて」

「あー……それでバレたってわけか」

ニヤリとする関さんと、言い逃れできない私、という図が簡単に想像ついたのだろう。玲央さんは顔を前に向けたまま納得したように言う。

「でもまさか、お前が友達に男を紹介してもらうほど、飢えてたとはな」

う、飢えるなんて!

嫌な言い方をされ、私はムッと反論する。

「ち、違います! 結花の紹介だから仕方なく会っただけで、別に関さんと付き合うとかないですから！」

「へぇ、じゃあ、なんであいつとふたりで食事してるんだよ」

こちらに目を向けることなく問い詰める彼を前に、心臓はギク、と嫌な音を立てる。

なんで、なんて。自分が怒って水をかけたせいで関さんを怒らせ、『婚約者という嘘を周りに言う』と言われたなんて、自業自得なこと言えない。

そんな気持ちから、「ふん」と誤魔化すように顔を背ける。

「べ、別に玲央さんには関係ないじゃないですか」

「……関係ない、ねぇ」

ぼそ、とつぶやく声が聞こえると同時に、車はゆっくりと停止する。目の前の信号を横目で見ると、赤い光が見えた。

突然背後から伸びた手が私の顎に触れ、顔を彼のほうへと向けさせる。

目の前には、こちらを見つめる玲央さんの顔があった。突然触れた指先の感触と、まっすぐ見つめる茶色い瞳に、心臓がドキッと強く音を立てる。

「関係なくちゃ、俺には教えられないのか？」

その言葉の、意味は？

『関係ない』とは<ruby>ね<rt>の</rt></ruby>除けても、知りたいと思ってくれているということ？

見つめる目には、いつもの冷静さの中に、苛立ちのような、焦りのような色が見えた。

距離を詰め、そっと顔を近づけてくる彼に、息が止まりそうになる。

「……杏璃」

そして、息がかかるほど近づいた唇が、小さく私の名前を呼んだ、瞬間。

背後からプッと鳴らされた短いクラクションで、信号が青に変わっていたことに気づいた。

玲央さんはすぐ前に向き直すと、またアクセルを踏んで車を走らせる。無言のままの、車の中。私は彼の方を見ることができずに、自分の手元ばかりを見つめている。

なに、さっきの。

彼の先ほどの言葉の意味も、行動の先にあったことも、わからない。ただひとつだけわかるのは、ドキドキと鳴るこの胸のときめきは、刷り込みなんかじゃないってこと。

旦那様は願ってる

『関係なくちゃ、俺には教えられないのか？』

そう言って、近づいた彼の目が、焼きついて消えない。もしも信号が赤のままだったら、その唇は触れていたんだろうか。

けど、でも、なんで。何度心に問いかけても、答えはわからないまま。


「……璃、杏璃！　おい！」

「はっ！　はい！」

ぼんやりとしていた朝。玄関の方から響く玲央さんの声に、私ははっと我に返りリビングから覗き込む。

「悪い、テーブルの上にハンカチ置いたままだ」

「あっ、はい！」

見れば確かに、ダイニングテーブルの上には綺麗にアイロンをかけておいたハンカチが置かれたまま。

私はそれを手に取ると、慌てて玄関へ駆けつけた。

「どうぞ。他に忘れ物はないですか？」

「あぁ」

玲央さんはハンカチを受け取ると、ジャケットのポケットにしまう。その顔はいたって普通、いつも通りだ。

「きょ、今日の帰りは何時頃になりそうですか？」

「……たぶん、二十一時は過ぎると思うけど。どうかしたか？」

「いっいえ！　なんでも！　なんとなく聞いてみただけで！」

あはは！と、わざとらしいくらい明るい声で誤魔化すと、玲央さんは「そうか」と特に気に留めることなく鞄を手にした。

「じゃあ、いってくる」

「はい、いってらっしゃい」

そして近づいてきたノワールの頭を軽く撫でると、ドアを開けて家を出た。

関さんといたところを玲央さんに見られた日から三日。玲央さんは、何事もなかったかのように普通の態度だ。

あの日も帰宅すると、彼はお風呂に入ってすぐに寝て、そのまま特別会話もなく、翌朝にはいつも通りの態度に戻っていた。

自分からあの話題を掘り返す勇気もなく、結局彼の真意はわからないまま。

ドキドキしてるのは、私だけなんだろうなぁ。

近づいた彼との距離が、忘れられない。心ではどうってことないことだと、わかっていても。

今日の玲央さんの帰りは二十一時すぎ、か。よし。ちょうどいい。

時間を確認しながらスマートフォンを取り出すと、画面に触れる。

「……あ、もしもし結花？　朝からごめんね。ちょっと急ぎで関さんに連絡取ってもらいたいんだけど……」

内容は、関さんへの約束の依頼。

できるなら、関さんと会いたいとは思わない。けれど、やっぱりしっかり話して、もう会わないことを伝えたほうがいいとは思う。

でも、今このタイミングで『夜に出かける』なんて玲央さんに言おうものなら、関さんと会うだろうことはバレバレだろうし。それはそれで、ちょっと気まずい。だから玲央さんには内緒で、彼が帰ってくるまでに帰ってこようという作戦だ。

弱みをそのまま、握らせていたくない。怜央さんへのこの気持ちは刷り込みなんかじゃない、って伝えたいから。

そう心に決めた、数時間後。夕方六時を迎えた頃、私は品川にある関さんのホテル近くのカフェにいた。

人の少ない小さなカフェ。その端にある四人がけの席に座り、先に注文したホットのカフェオレをひと口飲む。

「待たせたな」

「……関さん。すみません、忙しいのに呼び出したりして」

「いや、寧ろお前から誘われるとはな。結花ちゃんも『杏璃が積極的になるなんて！』って喜んでたよ」

ゆ、結花。そういえばさっき私が電話した時も『もう！　なんで関さんと連絡先交換しないの！』と言いながらも、私と彼が上手くいっていると誤解しているのか、結花は嬉しそうな声を出していた。

そのことを思い出しながら苦笑いをこぼしていると、関さんは「ホットコーヒーひとつ」と注文をしながら席に着く。

そんな彼に、早速、話題を切り出した。

「……なんでこの前、わざわざ玲央さんにあんな言い方したんですか」

「いやー、揉めるかなって」

「本当、性格悪いですね！」

　完全に楽しんでる！

　じろ、と睨むように見ると、彼はそれすら楽しむかのように「ははっ」と笑った。

「で？　この前、どうだった？　修羅場になったか？」

「なってませんよ。おかげさまで、気まずくはなりましたけど」

　もう、とカップを持ちカフェオレを飲むと、先ほど彼が注文したコーヒーが早々と運ばれてきた。湯気の立つ白いコーヒーカップがテーブルに置かれると、関さんはコーヒーに砂糖だけを入れて混ぜる。

「それで？　わざわざお前から呼び出したってことは、なにか大事な話があるんだと思って来たんだけど」

　その言葉に、一瞬ごくりと息を飲んで私は口をひらく。

「……もうこうしてふたりではお会いしません。私、関さんとお付き合いするつもりもないですし」

　毅然と言い切るも、彼は眉ひとつ動かさず熱いコーヒーに口をつけた。

「へぇ。立花に俺に会うなとでも言われた？」

「言われてませんよ。……玲央さんは、そこまで私に干渉するほど興味もないでしょうし」

『関と会うな』、なんて、そんなこと言うような人じゃない。ふたりで会わない、というのは。私の意思だ。

「けれど私は、玲央さんのことをバカにするあなたのことを、好きになることはないです」

何度会っても、食事をしても、弱みを握られても。彼の心を踏みにじるような言い方をするあなたに、心を寄せることはないから。

「この前関さんは、玲央さんの魅力は顔かとかお金かとか聞いてましたけど、そんなものじゃないんです」

「……っていうのは？」

「優しくて、まっすぐで……時々意地悪で、だけど本当は繊細な心も持っていて。私はそんな彼の人間性に惹かれてるんです」

包んでくれる優しさや、時折見せる子どものような笑顔、失うことの恐怖を知っている心。それらは、整った顔だとか社長という役職だとか、そんなものより大きいもの。

　まっすぐに目を見て言い切った私に、関さんは少し驚いた顔をした。かと思えばそれを隠すようにまつ毛を伏せ、ふっと鼻で笑う。

「そういうまっすぐさ、ウザい」

　彼の口をついて出てきたのは、私の言葉を片付けるひと言。

「やっぱり言いふらそうかな。『立花は他人に婚約者のフリさせて嘘つくような小さい男だ』って。がっかりして失望する周りの人間の反応が目に浮かぶ」

「なっ……！」

　なんで、そんなこと！

　きっと言いふらすとなれば、もっと言葉を盛って派手に言うだろう。関さんから発せられる言葉が、玲央さんへの信頼や支持を下げてしまうことが簡単に想像できた。

　玲央さんが、私のせいで、失望される、笑われる。そんなの、嫌だ。

「それが嫌なら、抱かせろよ」

「え……？」

　そんな私の心を読むように、関さんから唐突に言われたひと言に、私は驚き、目を丸くする。

関さんはテーブルの上に置いた私の手にそっと右手を重ねる。肌から伝うひどく冷え切った低い体温と、この手を包む骨っぽい手に、玲央さんとは違う男性なのだと思い知らされた。

「別に恋人なんかにならなくていいから。俺にとって都合よく足開いてくれればそれでいい。……それだけで一番大切な人を守れるなら、安いものだろ?」

『安いもの』。私が彼に体をあずければ、それだけで玲央さんの体裁は守れる。失望されることも、笑われることもない。

まるで呪文のように、その言葉がぐるぐるとめぐる。

本気なのか冗談なのかわからないような目で見つめながら、伸ばした左手は私の頬を撫で、首筋へと下る。

どう、しよう。どう、すればいい?

「触るな」

その時、響いた声とともに、首筋に触れた手が突然引き離される。

驚いて顔を上げれば、そこには私たちが座る席の横に立ち、関さんの腕を掴む玲央さんの姿があった。

「玲央、さん……?」

驚く私と同様に、関さんも目を丸くして玲央さんを見上げた。

「なんでお前がここに……？」

「うちの嫁がソワソワして怪しかったからな。秘書につけさせてたらこれだ」

「え⁉」

秘書にって、檜山さんに⁉

驚いて窓から外を見ると、お店の前に横づけされた玲央さんの白い車と入れ替わるように出て行った黒い乗用車に、檜山さんの姿が見えた。きっと今まで私をつけて、玲央さんを呼んだところで戻っていったのだろう。

全然気づかなかった！　ていうか、朝から私やっぱり怪しかったんだ！

帰りの時間をたずねた時点でよそよそしさが拭いきれなかったのだろう。わかりやすすぎる自分が情けない。

「パーティーでの一件では目を瞑ってやったが、俺以外の人間まで巻き込んでるとなれば別だ」

私たちの話を聞いていたのだろう。すべてを把握したかのように玲央さんは言葉を続ける。

「女を脅して手に入れてなにが楽しいんだよ。俺の嘘を言いふらす？　そんなの好きなだけやればいい」

「なっ……！」

「かっこ悪いだの失望だの、そんなこと言われるのなんて慣れてるんだよ。それに、大切なヤツを傷つけて得るプライドに価値なんてない」

大切な、ヤツ。

玲央さんはそうはっきりと言い切ると関さんの腕を離し、続いて私の腕を引っ張り、そのままお店を出た。

「あっ、れ、玲央さん⁉　あの、私コーヒー代払ってなくて……」

「はぁ？」

足を止めようとすると、玲央さんは苛立った様子で眉間にシワを寄せこちらを見る。

「コーヒー代くらいあいつに払わせとけ！　どうしても気になるっていうなら後で俺から払っておいてやるから！　今後一切、絶対あいつとふたりで出かけようとか思うなよ！　いいな⁉」

「は、はぁ……」

な、なんかすごく怒ってる？

珍しく明らかにイライラとした口調の玲央さんに、圧倒されてしまい、ここはおとなしく彼に従おうと後に続く。

「あの、いつから檜山さんが……？」

「今日の午後からだ。檜山にふたりが合流したら俺に連絡しろ、ライバル会社のヤツが当社関係者になにをするかわからないから、と伝えておいた」

今朝の私の様子から関さんと会うだろうことを予想し、会うなら夕方以降だと推理したのだろう。

それにしても檜山さん、秘書って大変だ。

今度会った時に『あなたのおかげで一日車の中でしたよ』と嫌味をネチネチ言われるのが想像つく。

「ていうかお前なぁ、ああいう時はきちんとはっきり断れ！　バカ！　たとえ色気のない体だろうと安売りするな！」

「い、色気がないは余計です！」

確かに色気はないだろうけど！

口を尖らせると、玲央さんは呆れたように「はぁ」と息を吐く。

「……なんでちゃんと断らなかった。関ならいいと思ったか？」

「違う！」

触れた彼の手を、はっきりと拒むことができなかった。その理由は、頭に思い浮かべた姿が、関さんの姿でも自分の姿でもなかったから。

玲央さんのことだけを、考えていたから。

「……玲央さんのこと、守りたくて」

小さくつぶやいたひと言に、その顔は少し驚く。

「関さんを紹介されたことは本当に偶然なんです。けど……関さんが私に目をつけたのは、そもそもは私が怒らせてしまったからで」

「怒らせたって……なにしたんだよ？」

外面のいい関さんが本性を丸出しにするくらい怒る理由とはなんなのか、純粋に気になったのだろう。

不思議そうに問いかける玲央さんに、私は恐る恐る口を開く。

「……顔にシャンパンをかけて、啖呵を切りました」

あぁ、言ってしまった。これ、絶対怒られる！

『はぁ⁉』とその目が不機嫌につりあがるのを想像して、ぐっと歯を食いしばり覚悟を決めた。

ところが、聞こえてきたのはブッと吹き出す笑い声。

「シャンパンって……唆呵って……本当か⁉　あいつに⁉」

「だ、だって関さんが玲央さんのことをバカにするから！　ついかっとなってしまったというか……なんというか」

感情的な己の行動を思い出し、しどろもどろになる私を見て、玲央さんは声を上げて笑う。そして笑いすぎて苦しそうな息を整えながら私を見た。

「お前は、俺のことばっかりだな」

「……そりゃあ、嫁ですから」

言い訳のように自分で言った〝嫁〟の言葉が、どうしてかいい意味にも悪い意味にも感じられる。

すると玲央さんは、困ったように笑みをこぼした。

「けど、それで杏璃が傷ついてちゃ意味がないだろ」

そして腕を伸ばすと、正面からぎゅっと私を抱きしめた。

「れ……玲央、さん？」

人通りの多い道の端で、行き交う人々がこちらを見ている。まるでドラマのよう、と頬を緩める人と、人前なのにと怪訝（けげん）そうな顔をする人、さまざまな視線に自分の手の行き場がわからなくなる。

けれど、ぎゅっと頭を抱き寄せるその力強い腕に従うように、その胸に顔を押し付けると、ドキ、ドキ、と心臓の音が強く響いた。

「さっきも言っただろ。大切なヤツを傷つけて得るプライドに価値なんてないって」

「けど……」

「俺にとって杏璃は、ただの嫁のフリじゃない。大切な存在なんだよ。そんな相手を守りたいと願う心は、俺も同じだ」

まっすぐに伝えてくれる彼が言う、〝大切な存在〟。その言葉に含まれた意味が、どこまでのものなのかはわからない。だけど、深い深い意味であってほしいと、願っている自分がいる。

その想いを表すように、行き場のなかった手で、玲央さんの背中をぎゅっと抱きしめ返した。

守りたい。傷ついてほしくない、笑っていてほしい。そう、強く願ってる。私はあなたに、あなたは私に。互いに強く、願ってる。

君はいつも笑う　～side玲央～

季節は梅雨を終え、夏にさしかかろうとする頃。

地上三十階建ての建物を見上げると、ベージュとブラウンのモダンな配色の外壁が眩しい日差しに照らされきらめいていた。

ガーデンタワー東京。入口頭上に書かれたその名に気持ちを引き締め、一歩ずつ歩みを進める。

「立花社長、おはようございます」

「おはよう。今日もよろしく頼むな」

受付スタッフの女性社員に声をかけると、天井の白いライトが反射する床をスタスタと歩いていく。

〝立花社長〟〝立花オーナー〟、その呼び名にももう慣れた。代わりにどんどんと遠くなっていく〝天才ピアニスト〟という呼び名に、心が痛むことすら、なくなっていく。

そもそも俺は、天才なんかではなかったんだ。

大手航空会社グループを経営する父と、バイオリニストとして今も舞台に立つ母。音楽好きなふたりの間に生まれた俺は、生まれた頃から音楽や楽器に囲まれた環境にいた。

中でも、家にあったグランドピアノがおもちゃの代わりで、物心ついた頃には毎日必ずピアノに触れていた。

食事より、勉強より、友達と遊ぶことよりもピアノを弾くことが好きで、一曲、また一曲と、弾ける曲が増えていくことが嬉しかった。

そうして弾ける曲が増えていくと、今度は上手く弾きたい、聴かせる弾き方をしたいと、もっともっとと求めていった。そんな俺を、母は積極的にコンクールや演奏会に出してくれた。

賞をもらうことよりも、人前でピアノを弾ける機会がもらえることが嬉しかった。そして自分の演奏を聴いた人々が、感動や興奮を感じてくれることに子ども心にやりがいのようなものを感じていた。

そんな気持ちとは裏腹に、増えていく賞。

バイオリニストの母の名前のおかげもあったのかもしれない。気づけばどんどん名が広まり、いつしか俺は〝天才ピアニスト〟と呼ばれるようになっていた。

そのうち海外の有名な音楽家に気に入られ、ウィーンでピアノ中心の生活を送った。

最年少プロとして活躍することを喜び、海外生活に付き添ってくれた母。日本で働きその生活を支えてくれた父。学びやすい日本人学校やピアノの技術を教えてくれ、メンタル面も育ててくれた恩師。日本に帰る度、笑顔で迎えてくれる人々。

環境にはとても恵まれていたと思う。ありがたいと思うと同時に、俺はこれからも一生、ピアニストとして生きていくんだろうと当たり前に思っていた。

そのうち日本でももっと活動をしよう。長く暮らしたのは海外でも、愛着があるのはやはり日本だ。

そう思っていた頃、知人から紹介されたのがあの家だった。

静かな住宅街にあった、趣（おもむき）のある洋館風の一軒家。

当時二十歳になるかといった年齢の、若い男のひとり暮らしには充分すぎるほどの家。けれど、元の住人がピアノ部屋として使っていたという一階のあの部屋がとても気に入って、見に行ったその日に即決で買うことにした。

日本に帰ってきた時にはその家で暮らし、部屋にこもってピアノを弾いた。

ひとりきりで集中できるその部屋は、俺にとって仕事部屋というよりは、とっておきの隠れ家のように感じられた。

そんな日々の中、異変を感じたのは二十一歳を過ぎた頃からだった。

練習後に感じるようになった、微かな手の痺れと親指の違和感。

その時は、疲れが出ているのかもしれないとあまり深刻には考えなかった。けれど、その違和感は徐々にはっきりとしていく。それでも俺は、大丈夫、と自分に言い聞かせ見て見ぬふりをした。

海外での大きな演奏会がひとつ終われば、CDの発売が待っている。それを終えれば今度は国内での演奏会。隙間なく埋まっているスケジュールは、それだけ自分の演奏を待っている人がいるということだ。

休めない、止まれない。

今思えば、ここで立ち止まる勇気を出すべきだったんだ。休む勇気を知らなかった自分は、ひたすら止まることなく弾き続けた。

けれど、その日はやってきた。

それは忘れもしない、七年前。二十三歳の春、パリで行われた演奏会でのこと。

『レオ・タチバナ――……』

司会者に呼ばれた名前に、満員の客席から大きな歓声が上がる。

大きな会場のステージの上、いつものようにスポットライトに照らされた俺は、笑みを浮かべてピアノの前に着席した。そして鍵盤に手を置いて、変わらぬ調子で弾き始める。

俺のピアノの音に、人々は目を閉じ耳を傾ける。その場にいる全員の神経が、こちらへ向くのを感じる。

けれど、ほんの一瞬でそれは崩れた。

ピリッと親指の付け根にはしった痛み。次の瞬間には痛みで指が動かなくなり、会場がしん、と静まり返った。

動かない。

動かさなくてはいけないのに、演奏を続けなければいけないのに。たくさんの人の視線を浴びながら、頭の中が真っ白になる。さらに襲ってくる痛みに、これまで頭の中から消えたことのなかった譜面がすべて飛んで、そこからは記憶がない。

『ドケルバン病ですね。しばらく手は安静にして、注射で様子を見ましょう。それでもよくならないようなら手術という手もありますが……ゆっくり、見ていきましょうか』

それは、手を酷使することで起こる決して珍しくはない、ひどい腱鞘炎(けんしょうえん)。幸い注射などの治療で痛みは引き、症状自体はすぐよくなった。

けれど、手がよくなっても俺はピアノの前に座ることも、ピアノに触れることもできなくなった。鍵盤の音ひとつを聴くだけで、あの日の、全員の視線が期待から失望に変わる感覚を思い出す。

世界が、暗くなるのを感じた。

なんのために生きてきたのか、なんのために生きていくのか。過去も未来もすべてを失った俺は、気がおかしくなったように荒れて、部屋中の物を投げ捨て、床に叩きつけた。

CDを割り、楽譜を破き――でもピアノを殴ろうと振り上げた手は、振り下ろすことができなかった。

代わりに込み上げたのは、幼い頃、このピアノを弾いていた時の楽しかった気持ち。

悲しいのに、苦しいのに、すべてなかったことにしてしまいたいのに。それでもこのピアノを、大切だと思えるなんて。

そんな気持ちに反して、鍵盤に触れることすらできないこの手が余計に憎くて、ピアノにすがるようにして泣いた。

泣いて、叫んで、ひと晩を過ごして、それから一年もの間俺を襲い続けたのは、深い深い絶望だった。

だんだんと痩せ、生きる気力もなくしかけた俺を前に、母は泣いた。

『玲央……もう、ピアノのことは忘れましょ。あなたはあなたで生きていけばいいの』

『ピアノを、忘れる……』

『まだ遅くないわ。社会人として、新しく生きていけばいい』

ピアニストとしての自分を、捨てる。別の人間として生きていく。

ピアノへの情熱、楽しさ、愛着。それらをすべてあの部屋に押し込めて、忘れてしまえばいい。それが一番ラクになれる方法だ。

そう納得した俺は、父の持つ会社のホテル事業であるガーデンホテル東京のオーナー社長として、そしていずれは数多(あまた)のグループ会社を率いる父の後継者ともなるべく、経営の勉強を始めた。

これまで知らなかったことを学び、仕事や会社のことを考え、興味のなかった恋愛や友人との付き合いに時間を費やすうちに、ピアノへの思いは薄れていった。

さらに長谷川さんやノワールと出会い、使用人も雇い、日々は満たされていく。

時折思い出したようにあの部屋のドアを開けるけれど、触れればまた苦しくて、ひとり荒れて部屋を出た。

彼女と出会ったのは、ホテルを継いで五年目——今から一年ほど前のことだった。

その日は朝からブライダルの客が二組ほどおり、いつものようにタイムテーブル通り、挙式から披露宴と予定は進んでいた。

そんな中、目に入ったのがそのうちの一組の招待客のひとりであろう若い女性。

俺より少し年下だろうか、新婦の友人らしい彼女は朝から新婦に付き添い、受付から挙式のブーケトスでの盛り上げ役、披露宴での余興や二次会の進行役と一日中動き回っていた。

新婦とよほど仲のいい友人なのだろう。嬉しそうなその顔から、その日をいい日にしようという一生懸命さが伝わってきた。

ところが、二次会も終え、すべての客がホテルを出た後。ロビーの端でしゃがみ込む彼女を見つけた。

『お客様、大丈夫ですか？』

一日中動き回って、疲れが出てしまったのだろうか。それとも飲みすぎたか？　少し心配になり声をかけた。

『どうかされましたか？　具合が悪いようでしたらあちらで……』

『い、いえ……大丈夫、です』

『そうおっしゃいましても、顔色が真っ青ですよ』

大丈夫、その言葉が嘘だと簡単にわかるほど、その顔は青ざめていた。

それでも強がり立ち上がろうとしたものの、ワンピースから覗く細い足に力は入らないのだろう。彼女はふらりとよろけてしまう。

仕方ない。客相手にしていい行為かはわからない。けれど、このまま帰すことのほうが躊躇われる。

『……お客様、失礼いたします』

『え……？』

そう言って俺は、彼女の体をそっと抱き上げた。

戸惑いながらも、抵抗するほどの力もないらしく大人しく抱き上げられた彼女の体は、その細さから想像した通りとても軽い。

ところがその次に聞こえたのは、〝ぐうううう～〟という、これまで聞いたことのないような腹の音。一瞬驚いて彼女を見ると、顔色が青色から赤色へと変わっていくのがわかった。その表情から、音が彼女から鳴ったこと、そして顔色が悪い原因も察した。

つまり顔色が悪かった原因は、疲れでも酔いでもなく、極度の空腹というわけだ。

『す、すみません……！』

恥ずかしそうに涙目で顔を赤くする彼女を見て、思わず俺は吹き出してしまった。

『へ……？』

『すみません、いや、予想外すぎて……空腹って！　あははは！』

『なっ！』

懸命にこらえてはいたものの、最終的には声を上げて笑ってしまう。その笑い声を聞いて、彼女は耳まで真っ赤に染める。

きっと、食事をすることも忘れるほど一日中夢中になっていたのだろう。そんな彼女のまっすぐさがなんだかかわいらしい。

ただの空腹ならそれはそれで安心だ。それから俺は彼女を控え室に案内し、レストランのシェフに頼んで食事を用意した。

大きな口でオムライスを食べて、心から幸せそうに笑う。感情のままに表情を変える彼女の姿は、見ているだけで心を明るくしてくれた。それがまさか、超がつくほどの大食い女だとは思わなかったけれど。

それからうちのホテルのランチビュッフェに度々通ってくれるようになった彼女は、三浦杏璃といって、その細い体からは想像できないほどの量を毎回食べていく。彼女が来るたび厨房のシェフたちが『ヤツが来たぞ』『今日は多めに作らなければ』と気合を入れるほどだ。

『ん～っ……おいしい！』

その笑顔は明るく、幸せそうで、いつもつられて笑っている自分がいた。

そんな彼女のことを気に入っていたからこそ、仕事が見つからないと聞いた時、運命的ななにかを感じた気がした。

とはいえ、あそこまですんなりと了承してくれたのは予想外だったけれど。単純なところがラッキーだと思う反面、成人女性としては少し心配だ。

契約上の夫婦、そんな関係で縮まった距離が、少し嬉しく思える。

けれど、あの日。浅い眠りにつく中で聞こえてきた音は、ずっとしまいこんできたはずのピアノの音だった。

まったくの未経験ではないのだろうけど、ブランクがある、ぎこちない手つきが想像できる音色。その音が、慣れない手つきでピアノを弾いていた、あの頃の自分のことを思い出させて、心が闇で覆われた。

『触るな』

『ここには入るなって言っただろうが。今すぐ出ろ』

やめろ、触れないでくれ。あの日の恐怖にとらわれたままの、弱い自分を、見ないでほしい。

そんな気持ちに襲われて、冷たい言葉ではね除けた俺に、杏璃は傷ついた目をした。ただの八つ当たりだった。自分の過去に少し触れられただけで、過剰に反応した自分に苛ついた。なのに、杏璃はそんな俺に対しても背を向けることはなかった。

『いつか玲央さんがあのピアノをまた弾きたいと思える時まで、私が大切にします』

それどころか、さらにしっかりと、向き合ってくれた。

『玲央さんがピアノを好きだって気持ちも、優しい音も切ない音も、全部伝わってきました』

自分の本当の気持ちと向き合わせてくれた。

これまでの自分も、ピアノを好きだと思う心も、なかったことにはできない。別の人間として生きていく、なんて。割り切れるようで割り切れない。だけど、こんな弱い自分も受け入れてくれる人がいる。その存在が嬉しくて、その優しさが愛しい。

まだ心にあるあの日から続く闇は、完全に拭い去ることはできない。けれど、それと上手く寄り添いながら生きていこうと思えたのは、君がいたから。

「……あれ、」

ある日の夜。今日の仕事を終えそろそろ帰ろうかと、最後にホテル内をぐるりと一周見回りをしていた俺は、最上階にあるレストラン前である姿と行き会った。

「……げ」

俺を見た途端、眉間にシワを寄せ嫌そうな顔をしてみせたのは、同業者でありライバル会社である品川クイーンズホテルのオーナー、関。

ホテルの評判や売上、客層、それらがほぼ同じで、俺たち自身も同じ歳。当然なにかと比べられることも多く、表面上は笑顔で接しているものの、内心では強いライバル意識を抱いている。

それは関も同じ、というか俺より強いようで、そのことはなにかと姑息な手を使ってでも俺を突き落としてやろうというその精神から伝わってくる。

そしてつい先日も、杏璃を巻き込んでの出来事があったばかりだ。

「これはこれは、関オーナー。わざわざ当ホテルに来てくださるなんて、ありがとうございます」

にこりと笑って声をかければ、その目はじろりと俺を睨む。

「誰が好き好んでここに来るかよ。仕事相手がどうしてもここのレストランで飯食いたいっていうから渋々ついてきてやっただけだ。勘違いすんな」

関が小声でつぶやく。よほど不服な気持ちで来たのだろう。俺への苛立ちを隠そうともしない。そんな関を、俺は思わずふっと鼻で笑う。

「そういえばこの前のこと、結局周りには言ってないみたいだな」

思い出したように言ってみたが、関はそもそも言いふらすつもりなどなかったのだろう。その話題には触れられたくなさそうに眉間にシワを寄せる。

「……つーかなんなんだよ、お前とあの女。本当にただのフリか？」

「そうだけど？」

「あいつ、俺がお前をバカにした時、勝ちたいならそんな姑息なことしないで仕事で成果出せ、ガキ、って啖呵切ってシャンパンかけたんだぞ」

あ、杏璃。

啖呵切ったとは聞いていたが、そこまで言っていたとは。まっすぐというか無鉄砲というか、怖いもの知らずというか、そりゃあ関も怒るわけだと苦笑いがこぼれる。

「あいつはお前を守ろうとしてて、お前はあいつを守ろうとして……ただの他人が、そこまで思い合えるものなのかよ」

そう。杏璃はいつも、俺のことばかり守ろうとする。俺のために、俺のことを、と。

いつも自分のことよりも。

自分が〝妻のフリだから〟。俺が〝雇い主だから〟。その前提があるから、守ろうとするのだとわかってる。だからこそ、俺も『守りたい』と言葉にできるんだ。

「お前も、大切な相手が見つかればわかるよ」

ふっと笑い、俺は「けど」と言葉を付け足し関のジャケットを引っ張ると、顔を近づける。

「次また杏璃に触れたら、覚悟しろよ」

強くしっかりと言い聞かせるようにささやくと、手を離してその場を歩きだした。

彼女が嫁のフリをしてくれるから、守りたい？

違う。理由はきっと、それだけじゃない。立場なんて言い訳にしかすぎず、本当の気持ちはこの胸にしっかりとある。他の誰かじゃダメなんだ。初めて出会ったあの日、まっすぐな笑顔を見た瞬間から、心は掴まれ離れない。愛しいから、守りたい。

「……帰り、ケーキでも買っていってやるかな」

幸せそうにはしゃぐ、彼女の笑顔を思い浮かべると、愛しい気持ちがいっそう強く込み上げた。

旦那様は海辺で

彼を想うと、ドキドキと胸がうるさくなる。

恋、なのかな。なんて。久しぶりの感情に心が、頭が、ついていかない。どんなにおいしいものを食べても、胸の奥が落ち着かないの。いつもなら足りないくらいなのに、胸がいっぱいで。

食べても、食べても、食べても。私の中は、彼で埋まる。

・

「いってぇ‼」

瞬間、響いた大きな声に私ははっと目を覚ます。目の前にあったのは、痛そうに顔を歪めた玲央さんの姿だった。

「あれ……玲央、さん？」

ソファに座ったまま辺りを見渡すと、そこは玲央さんの社用車の後部座席。運転席に座る檜山さんの意外に丁寧な運転と長距離の移動、というわけで揺られるうちに心地よく眠ってしまったことを思い出した。

私の隣で痛そうに右手をさする玲央さんを見ると、なぜかくっきりと歯型がついている。

「どうかしたんですか？」

「どうもこうも……噛んだんだよ！　お前が！　俺の手を‼」

「へ？　そんなまさか、さすがの私でも人を食べたりは……」

怒ったように歯型を見せつける玲央さんに、鼻で笑うように言う。そんな私の態度にイラッとしたのか、その手で私の頬をつねった。

「気づけばうたた寝してるわ、起こそうとすればよだれ垂らすわ、拭いてやろうとしたら手噛むわ……えらい嫁だなぁ？　おい。今夜夕飯抜きにするぞ」

「ゆ、夕飯……⁉　それは困る！　ごめんなさい‼」

食事がかかっているとなった途端、私はすぐに態度を改め謝り倒す。玲央さんは渋々納得したように頬から手を離した。

それにしても私ってば、よだれ垂らしてたなんて。

さすがに恥ずかしくて口元を拭うと、彼はため息まじりに窓の外へ視線を向けた。

その姿は、白いTシャツにデニムシャツ、グレーの細身のズボンといつもの仕事モードとは打って変わってラフな姿だ。

その後ろ、車の窓の向こうには青い空と広い海がひろがっている。


七月頭の木曜日。

今日、玲央さんと私、そして檜山さんの三人は東京から車で三時間ほどかけて静岡県は伊豆にある海岸沿いの町へとやってきた。

数日前に玲央さんが言った『海に行くぞ』のひと言がきっかけだった。

『海、ですか?』

『あぁ。付き合いのある会社のお偉いさんから、伊豆にできた新しいホテルのプレオープンにぜひと誘われてな。お前も来い』

玲央さんと同じホテル業界の人なのだろう。関さんのようにライバル視している人もいれば、仲のいい人もいるようだ。

この時期の伊豆なんて、景色もいいだろうし行けるのは嬉しい、けど。

『でも……私までいいんですか?』

『あぁ。向こうから、婚約者の彼女もぜひ、と言われたからな』

先日のパーティーにいた人なのか、噂が回ったのか、〝婚約者〟という言葉に、そういえばそういうことになっていたと改めて自分の立場を思い出した。

けれどそれならばとふたつ返事で頷いたのだった。

仕事上の付き合いということもあり、遊び半分、仕事半分。でも、ふたりで海沿いのホテルだなんて、本当の恋人みたい。

なんて、少し浮かれたのが間違いだった。仕事関係、となれば当然秘書である檜山さんも一緒なわけで。

結果三人で伊豆までやってきたのだった。

「檜山さん、後ろの窓全開にしてもいいですか？」

「どうぞご自由に」

運転している彼に無断で窓を開けるのもどうかと思い、許可をとってから窓を開ける。

長い長い海岸線に、車内に入り込む潮の香り。思わず「わぁ」と声が出た。

「晴れてよかったですね！　ホテルに荷物置いたら海に遊びに行ってもいいですか？」

「あぁ。俺はここの支配人に挨拶してから行くから、先に行ってろ。檜山、付き合ってやれ」

「……はい」

檜山さんの短い返事からは『嫌だな、仕事だから仕方ないけど』という心の声まで伝わってくる。

そこまで嫌がらなくても。っていうか薄々感じてたけど、この人私のこと絶対苦手だよね。本人が静かなだけに、私とは真逆。合わないのもわかるけど！

そんなことを考えているうちに目的地に到着し、私たちは荷物を手に車を降りた。

そこにあるのは海の前にどんと建つ、横に長い五階建てのホテル。真っ白な壁が太陽に照らされて眩しい。

『南伊豆黒田（くろだ）ホテル』と書かれたそのホテルへ入ると、スーツ姿の男性が出迎えてくれた。

「いらっしゃいませ」

「お世話になります。黒田社長からご招待いただきました、立花と申します」

「立花さまですね。ようこそいらっしゃいました」

玲央さんが仕事モードに切り替わり、柔らかな笑みを見せると、男性はすぐさま受付へ導く。そしてチェックインを済ませると、私たちの前にキーをふたつ置いた。

「お部屋はふた部屋でよろしかったでしょうか？」

「へ？」

ふた部屋？

そう言われて人数を数え直すものの、玲央さん、檜山さん、そして私、とやはり三人だ。ひと部屋足りない。

同じことを考えているのだろう、きょとんとした目で首を傾げる玲央さんを見て、男性も不思議そうな顔をする。

「え？　あ……黒田のほうから『五〇五号室に立花さまと三浦さまを、五〇七号室に檜山さまを』と聞いていたのですが」

「えっ……えぇ!?」

そ、そっか。言われてみればそうだ。婚約者だと思っているのだから、そりゃあふたりでひと部屋になるよね。

その場は「そ、そうですか」と了承し、玲央さんはキーを受け取り部屋のある五階へと向かう。

「そうですかって……どうするんですか？」

「俺と檜山が五〇五号室に泊まる。杏璃は五〇七号室だ」

「……別にふたり仲よく泊まればいいじゃないですか。男同士でダブルベッドなんて、遠慮したいんですけど」

檜山さん、玲央さん相手に意外と正直だなぁ。

そんな彼のマイペースな態度にも慣れているのだろう。玲央さんは「ワガママ言うな」と言いながら、五階でエレベーターを降り、部屋へ向かう。

手前から五つ目、五〇五号室のドアを開ける玲央さんの後ろから、私もその部屋を覗き込む。そこには目の前の海が一望できるほど大きな窓があった。

「わ……オーシャンビュー！」

「さすが。いい景色だな」

青く澄んだ綺麗な海に、惚れ惚れとしてしまう。

「檜山さん、海行きましょう！　早く！　ね！」

「……子どもですか。ひとりで行ってくださいよ」

「悪いな檜山、頼んだ」

興奮気味に海を指差す私に、嫌そうな顔をする檜山さん。そんな彼を玲央さんは苦笑いでなだめる。そして私はすぐさま五〇七号室に自分の荷物を置き、檜山さんとともにホテルのすぐ裏にある海に出た。

「わぁ……海ー‼」

ホテルを出る前に男性スタッフから教えてもらった、ホテルのすぐ裏手にある穴場

ビーチ。岩場に囲まれた入り江は波も少なく、他に人もいない。少人数で遊ぶには
ちょうどいい。
　青や緑など鮮やかな色のグラデーションを織りなす海に、私は履いていたサンダル
を脱ぎ捨てると、バシャバシャと駆け込んだ。
「つめたーい！　檜山さんも入らないんですか？」
「結構です。足濡れるのも泥つくのも嫌なんで」
「檜山さんって冷めてますよねぇ」
　砂浜に立つ白いTシャツ姿の彼に、頬を膨らませると、膝丈のスカートが濡れてし
まわないように気にしながらもバシャバシャと水を蹴って遊ぶ。
　海に来たのなんて、学生の頃以来だから、五年近くぶり？
　普段はなかなか来られないだけに、子どものようにはしゃいでしまう。岩場の方へ
歩いていけば、磯を小さなカニが歩いているのを見つけて、ついつまみ上げると急ぎ
足で彼のもとへ見せに向かう。
「檜山さん！　見てください、カニ！　これ食べられますかね！」
「……そこは普通『小さくてかわいい』とか言うところじゃないんですかね」
「はっ！」

言われてみれば確かに！　自分の食欲がよく表れている！

恥ずかしくて頬を赤くする私の方に、檜山さんはそっと手を差し出してカニを受け取り海に返す。

「三浦さんは、正直言って変な人ですよね」

「へ、変ですか⁉」

「ええ。尋常じゃないくらい食べるし、年相応の落ち着きはないし、この前にいたってはなんでか関オーナーに口説かれてるし」

はっ！　そういえばこの前の関さんとの一件の時、私を尾行してたって言っていたっけ。

『あなたのせいであの日俺は』と叱られるのを想像して、身構える。

「でも最近、立花社長がよく笑うようになったのは、そんなあなたといるからでしょうね」

「え……？」

檜山さんから続けられた言葉は、予想外の言葉。

私と、いるから？

「そう、ですか？」

驚いて問い返すと、彼は「ええ」と頷く。

「あの人、愛想笑いは上手いですが普段はどうも楽しいとか嬉しいとか、そういう感情が見えにくいというか。けれど、あなたの前ではおかしそうに笑って、嬉しそうに話して……すごく、人間らしいと思えます」

そう言って、檜山さんは小さな笑みを浮かべた。

初めて見るその笑顔は、いつもの無愛想な顔からは想像がつかないほど優しく、彼も彼なりに玲央さんのことを気にかけていたことを知る。

そんな彼に、つられたように私も笑う。

「あはは、檜山さんも笑うんですね！」

「……そりゃあ人間ですから。バカにしてます？」

「え!?　いや、バカにしてるつもりはなくて……」

嬉しさからつい余計なことを言ってしまう私を、檜山さんはじろりと睨む。その視線から逃げるように海へ戻ると、足がよろけて水面にバシャーンッ！と突っ込んだ。

「う～……鼻に、水はいった……」

げほっとむせながら顔を起こす。濡れないように気をつけていたスカートの裾どころか、カットソーも顔もびしょ濡れだ。

「こら、なにやってるんだよ」

「へ？　あ、玲央さん」

頭上から聞こえた声に振り向く。そこには話を終えて来たのだろう玲央さんが、呆れた顔で立っていた。

「はしゃいでたら転んじゃって」

えへへ、と笑うと、玲央さんは履いていたスニーカーを脱いで海へ入るとこちらへ近づく。そしてその場に座ったままの私の方に腕を伸ばしたかと思えば、私の体をそのまま抱き上げて担いだ。

「わっ……!?　な、なにするんですか！」

「そんな全身びしょ濡れで、ホテルの中、歩けると思うか？　バカ」

濡れた足を軽く拭けばいい、というレベルではないくらい濡れた私がこのままホテル内を歩けば、確かに廊下もビショビショになってしまうだろう。

でも、恥ずかしい。

子どものように抱き上げられ、頬が赤く染まる。

「玲央さんも、濡れちゃいますよ？」

「いいよ、少しくらい」

笑って答えた彼の白い肌を太陽が照らして、眩しさに目を細めた。

こうやって不意に距離を縮めてくるから、いつもこの胸は音を立てる。ときめいて、高鳴って、全身が熱い。

その腕に抱えられながら、想いをしっかりと実感する。

好き。玲央さんのことが、好き。嘘偽りのない、たったひとつのこの想い。

それからホテルに戻って、ゆったりと温泉を堪能して、迎えた夜。

このホテルの売りのひとつ、貸出の色浴衣に身を包んだ私たち三人はホテルのオーナーである黒田さんとともに、広間でテーブルを囲み夕食を取っていた。

「立花くんもおふたりも、遠いところよく来た！　さぁ、飲んで飲んで！」

ふくよかな中年男性といった風貌の黒田さんが勧めてくれる。薄水色の生地に花柄があしらわれた浴衣にピンク色の帯を合わせた私は、笑みを浮かべて日本酒に口をつけた。

うん、このお酒、まろやかで飲みやすい。

目の前にはお刺身やサザエ、ほたてなどの海の幸がずらりと並び、食欲をそそる。

あぁ、おいしそう。あれもこれもぺろっと食べてしまいたい。

そんな欲望が顔に表れていたのだろうか。私の右隣に座る、紺色の浴衣を着た檜山さんが『相手が引くからほどほどに』と言うかのように、肘でトンッと小突く。

わ、わかってますよ。

ここは我慢して、今度結花とふたりで旅行に来よう。絶対来よう。

そう心に決めて、手元のお酒をまたぐいっと飲む。

ちらりと左を見れば、ライトグレーの浴衣に身を包んだ玲央さんが、黒田さんと話をしながらお猪口に口をつけている。

おぉ、なんか、モデルみたい。

いつもはスーツ姿ばかり見ているせいか、初めて見る浴衣姿が新鮮だ。顔がいいとなにを着ても似合うんだなぁ！

「それにしても、聞いていた通りかわいらしい奥さんだなぁ！　羨ましいぞ！」

「え⁉　えーと……」

ご機嫌な黒田さんに褒められ、嬉しい反面どんな顔をしていいかわからず、照れながら玲央さんに助けを求める。

「そうですね。見た目も中身もかわいい人ですよ」

「え⁉」

ところが、彼はいたって普通の顔で頷いてみせた。その返事に、黒田さんは「なんだ、のろけか～」と笑う。

見た目も中身もなんて。流しているだけなんだろうけど、玲央さんがそんなことを言うとは予想外すぎる。昼間実感してしまった気持ちもあり、赤く染まる頬を隠すように、手元のお酒をまたぐいっと飲んだ。

「おっ、奥さんいけるクチかな！　とっておきの酒があるんだ、どうだい？」

「は、はい！　喜んで！」

あぁもう、玲央さんのせいでドキドキしてしまう。こうなったら他のことで気を紛らわせるしかない、と勢いで頷くと、お酒が好きなのだろう黒田さんは嬉しそうにスタッフへ声をかけた。

その隙に、檜山さんがすかさず小声で声をかける。

「……三浦さん。泥酔（でいすい）だけは勘弁してくださいよ」

「だ、大丈夫ですよ。私結構強いほうですし！」

おいしいごはんにはおいしいお酒ということで、普段からシャンパンやワイン、ビール、日本酒とひと通り飲めるくらいには耐性がある。それに玲央さんをまともに見ることも恥ずかしいし、あぁもう、また明日からあの家でふたりきりと思うと、どうしたらいいんだろう。

余計なことを考えると、いっそう考えがまとまらなくなってしまい、気持ちを逸らすように、差し出された酒瓶にお猪口を差し出した。


ところが、黒田さんの〝とっておき〟のお酒を私は正直甘く見ていた。すっきりとした味の飲みやすい冷酒で、話しながらついつい飲んでしまい――。

「せ、せかいがまわる～」

黒田さんが先に潰れてしまい部屋に戻ることになるも、その頃には私も完全に酔っ払ってしまい、足取りがふらふらになっていた。

「……大丈夫って言ったの誰ですか」

「す、すみません～、後からお酒回ってきちゃって……あれ？　檜山さんなんでふたりもいるんですか～」

「いるわけないでしょう。あなたが酔っ払ってるだけです」

呆れたように叱る檜山さんの声を聞きながら、私の足はふらりとよろける。すると隣を歩いていた玲央さんがすかさず手を伸ばし、転びそうになった体を支えてくれた。

「危ない。ったく、飲み過ぎだ、バカ」

そう言うと、玲央さんはお姫様だっこで私を抱き上げる。

「な、なにするんですか！　離してー！」

「ふらふらになるまで飲んだお前が悪い。おとなしく運ばれておけ」

昼間は担がれ、夜は抱き上げられ、あぁ、恥ずかしい。

確かに飲み過ぎた私も悪いけど、それも玲央さんがドキドキさせるからで――！

抱き上げられたまま胸板に頬を寄せると、その胸の厚さがしっかりと感じられた。

ドキドキ、するなぁ。

恥ずかしいし、どんな顔をしていいかわからない。けれど、ずっとこのまま包んでいてほしいと思う。

「杏璃、部屋ついたぞ。鍵は？」

「ん……」

懐(ふところ)から部屋のキーを取り出し渡すと、手の空いている檜山さんがドアを開けてくれた。

「立花社長、俺先に部屋戻ってますね」

「あぁ。俺は杏璃寝かせたら戻る」

私の部屋に入ることなくひとり五〇五号室へ向かっていく檜山さんは、相変わらずのマイペースっぷりだ。玲央さんはそれを気にすることなく頷いて部屋へ入った。

玲央さんたちの部屋より少し小さめの、ひとり用のシングルルーム。部屋の真ん中に置かれたベッドに彼が私の体を下ろすと、柔らかなベッドに体が沈む。

「ベッド……ふかふか～……」

「そりゃよかったな。ほら、掛け布団かけろ」

ごろんとベッドの上を転がると、彼はそっと白い掛け布団をかけてくれた。

「……これじゃあ、どっちが雇い主かわからないな」

「あはは、本当ですねぇ」

「笑ってないで反省しろ」

注意するように言いながらも、口調は穏やかだ。

掛け布団から顔を覗かせるように玲央さんを見上げれば、彼はそっと目を細めて微笑む。それと同時に、頬を撫でるように彼の指先が触れ、くすぐったくて、嬉しい。

くすぐったい。ときめく胸に、愛しさをまたいっそう募らせる。このまま、ずっと触れていてほしい。離れないで、そばにいて。撫でて、抱きしめてほしい。

好き。好きだよ。玲央さんのことが、誰よりも。

この気持ちを、言葉に出していいんだろうか。一瞬自分に問いかけるけれど、いいか悪いか答えを出すより先に、想いはそのまま口に出る。

「……すき」

不意に声に表れたひと言に、一瞬、その場の時が止まる。

横になったまま、それ以上言葉を補うことも、否定も弁解もせずに彼を見つめた。

すると玲央さんは、先ほどまで細めていた目を丸くし、驚いた顔をして、ほんの少し頬を赤く染め、右手で口元を隠す。

それは、また初めて見る表情のひとつ。照れて、る？

「……玲央さ……」

その反応の意味を知りたくて、問いかけるように名前を呼ぼうとした、瞬間だった。

そっと顔が近づき、一瞬で私の視界は玲央さんの茶色い瞳でいっぱいになる。

ちか、い。そうはっきりと思った時には、唇が重ねられていた。

触れるだけの優しいキスは、唇の感触を知る間もなく、すぐ離れてしまう。けれどふたたび、今度はしっかりと触れ、互いの感触を確かめ合うように、深い深いキスをした。

初めて、知った。彼の、少し薄い唇がこんなに柔らかいこと。吐息は熱く、こんなに甘いキスをすること。薄く開いた視界で、こんなに愛おしい眼差しを向けてくれること。すべて、すべて、この距離に来てようやく知る。

玲央さんのことが好き、彼のすべてが愛しい。だからこのまま、ずっと、このままがいい。

微睡(まどろ)む意識の中、波の音を聞きながら、胸に溢れる想いにそっと目を閉じた。

旦那様とさよなら

『すき』と、声に出した言葉に、彼はなにも答えてはくれなかった。

けれど、その優しいキスひとつで、言葉なんてなくても伝わる気がした。玲央さんの、あたたかな想いが——。


伊豆に旅行にやってきた、二日目の朝。

バシャバシャッと勢いよく水で顔を洗って、目の前の鏡を見る。そこに映るのは、アルコールで少しむくんでいること以外、いつも通りの自分の顔。

ぱん、と頬を両手で叩くと確かに痛い。

「……夢、だったのかな」

一夜明けても、確かに感触が唇に残ってる。けれど、昨夜のことがあまりにも信じ難くて、夢のような気持ちのほうが強い。

ていうか。私、酔っ払ってたとはいえ、玲央さんに告白するって‼

いきなり言われて驚いたよね、意味わからないよね。けど、キスされたってことは、その、悪くない答えを期待してもいいってこと？　都合がいいとは思いながらも、そんな答えを想像して、頬がぼっと熱くなる。

するとその時、ドアをコンコンッと軽くノックする音がした。

「はい？」

「檜山です。三浦さん、起きてます？」

檜山さんか。

声をかけられ、タオルで顔を拭きながらドアを開けると、そこにはすでに身支度を終えた檜山さんがいた。

「檜山さん、おはようございます」

「おはようございます。二日酔いしてませんか」

今日も愛想なく話す彼に、頷く。

「はい。あ、もしかして気にかけてくれたんですか？」

「いえ、具合が悪いようなら置いて帰ろうかと」

「置いていくんですか⁉」

鬼ですか‼　気にかけるどころか、邪魔者として置いていかれるところだった。檜山さんならやりかねないところがまた恐ろしい。

「檜山、杏璃は起きてたか？　起きてるようなら一階でモーニングに……」

　話していると、そう檜山さんにたずねながら玲央さんが近づいてくる。檜山さん同様に身支度を終えた玲央さんは「あ、起きてたな」と私を見た。

　ところが、目と目が合った瞬間私は玲央さんとは真逆の方向に、思いきり顔を背けてしまう。

　しまった。これじゃあ、『昨夜のこと覚えてます』『意識してます』って言ってるようなものだ。

　けど、昨日、キスしたんだよね。玲央さんと、キス――。

「おい、こら。なに無視してる」

「え！」

　昨夜の記憶をぐるぐるとめぐらせる私に、玲央さんはこちらの気持ちも知らずに視界に入り込んでくる。再び合った目と目に、ドキッと心臓は跳ね、たまらず私は部屋に引っ込んでドアを閉めた。

「って、おい、杏璃？」

「ま、まだすっぴんなので！　身支度したら行きます！」

「へ？　あぁ、わかった」

遠くなっていく足音で、ふたりが去って行ったのを察する。

はぁ。ドキドキ、した。ていうか私、意識しすぎ‼

こんな態度とって、家帰ったらどうするの！　けど、好きな人にキスされて普通の顔なんてできないし！　あぁもう、どうしたらいいんだろう。

赤くなる頬を両手で覆ってその場にしゃがみ込む。

突然してしまった告白、突然のキス、それらを思い出すたび、恥ずかしくて顔が熱くなる。

でも、玲央さんはいつも通りだったな。普通の顔で、なんてことない様子で。あのキスに、意味なんてないかのよう。特に深い意味なんてなかったのかな。好き、って言うからキスしてやったとか、その程度？

いくら考えても、わからない。けれど、とりあえず私も、あんまり激しく意識しちゃダメだ。せめて普通に、顔を見て話すくらいはできなくちゃ。

そう、普通に。普通に。


──の、はずが。

朝食の時、チェックアウトの時、帰りの車の中と、ことごとく私は玲央さんと普通に話すことができず。目が合うと顔を背けたり、話を振られるとわざと檜山さんに返してしまったり。結局まともに接することはできずに、あっという間に家に着いてしまった。

「……はい、着きましたよ」

家の前に車が停められ、檜山さんの言葉を合図に玲央さんと私は後部座席から降りる。

「お疲れ、檜山。行き帰り悪かったな」

「いえ。タダで旅行できてラッキーでした」

「お前、時々秘書とは思えないような言い方を真顔でするよなぁ……」

運転席に乗ったままの檜山さんと、玲央さんは窓越しに話すと、トランクから自分の荷物を取り出した。

私も続いて荷物を取り出したのを確認すると、檜山さんは車を走らせその場を後にした。

ふたりきりになってしまった。

気まずいし、部屋に荷物置いて仕事にとりかかろう。

「の、ノワール元気かなぁ！　長谷川さんにお世話は頼んだけど……」

それとなく話題を逸らしながら、鞄から立花家の合鍵を取り出し、鍵穴へ差し込む。

すると突然、玲央さんが背後からドアに手をついた。まるで逃がさないとでもいう
かのように、彼はぴったりと体を密着させる。

ドアと怜央さんの間に挟まれて、その距離感にまた胸はドキ、と音を立てる。

「れ……玲央、さん？」

「……そんなに露骨に避けられると、傷つくんだけど」

私の態度がおかしい理由を、彼もわかっているのだろう。耳のすぐそばで響く低い
声に、いっそう彼を近くに感じる。

「杏璃。こっち向けよ」

「……嫌、です」

こっち向けなんて言われても、見れないよ。

目が合っただけで、少し近づいただけで、こんなにドキドキする。頬も耳も熱く、
きっと真っ赤になってしまっているだろう。

玲央さんは右手で私の顎に触れて、そっと私の顔を振り向かせる。されるがままに
後ろを向くと、まっすぐにこちらを見る玲央さんの顔がすぐ近くにあった。

恥ずかしいのに、逃げたいのに、熱い眼差しを向ける彼の瞳にとらわれて、目を逸

らすことができない。

そんな私を、玲央さんはじっと見つめたまま。

「……昨日の、ことだけど」

話題を切り出した、その時。

「あーーー‼」

突然聞こえた女性の大きな声。玲央さんも私も、驚いて声がした方向を見る。

するとそこにいたのは、つばの広い女優帽をかぶった、健康的なノースリーブ姿の女性。私と同じくらいの歳だろうか。細い体にすらりとした背がモデルのようで目立つ。そんな彼女が、不機嫌そうに声をかける。

「……げ」

「玲央さん、お知り合いですか?」

その人を見た途端嫌そうな顔になる玲央さんの様子から、知っている人なのだろうと察する。

でも誰だろう、と考えているうちに、女性はかけていたサングラスを外し、黒いロングヘアを揺らしながらこちらへ詰め寄ってきた。

「なにしてんの玲央くん！　ちょっと！」

「……うるさい。大きな声出すな」

「大きな声にもなるよ！　玲央くんのバカ、浮気者！　ちょっと、あんたも離れてよ！　玲央くんは瑠奈の結婚相手なんだから‼」

へ？　〝結婚相手〟って、言った？

私がきょとんとしているうちに、彼女は細い腕で玲央さんの腕を掴むと、ぐいっと体を引き離す。

「えっ……け、結婚相手？」

「じゃなくて、ただのいとこだ」

呆れたように訂正する玲央さんに、彼女はすかさず口をはさむ。

「いとこは結婚できるもん！　あ、ちょっとさっさとドア開けてよ。瑠奈が日焼けするじゃない」

「あっ、はい！　すみません！」

図々しく指図する彼女の勢いに負け、つい慌ててドアを開けた。

「ワンワンッ」

「ノワール～、相変わらずいい毛並みねぇ」

帰ってきた私たちを出迎えるように駆けてきたノワールに、彼女は微笑むけれど触れることはなく家に上がった。

「ちょっとやだ、空気こもってるじゃない。換気してないの？」

「仕事関係で一泊出かけてたんだよ。一番に上がり込んで文句言うな」

な、なんというか、マイペースな子だ。

怪訝そうな顔をして続いて家に上がる玲央さんに、私も慌てて続く。

部屋に入ると彼女は遠慮なくソファに座り、ロング丈のスカートの下で足を組んだ。

そんな彼女を横目に、締め切ったままの窓を開け網戸にする。

ふわ、と入り込む涼しい風に当たりながら、玲央さんは立ったまま呆れたように彼女を見た。

「瑠奈。まずは自己紹介から。ちゃんと名乗って挨拶しろ」

「えー？　別に名乗らなくても瑠奈のことくらい知ってるでしょ？」

自信満々に微笑むけれど、わからずにきょとん、と首を傾げる。そんな私に彼女は、表情を一転させ、信じられないといったように絶句してみせた。

「はぁ!?　わかんないの!?　ありえない……人気バイオリニストの三嶋瑠奈だよ!?　知らないの!?」

「は、はぁ……すみません」

彼女——瑠奈さんというらしい。

人気バイオリニストと言われても、音楽業界のことなど疎(うと)いものだから、わからない。

「ここは外国でもなければ杏璃は音楽関係者でもないんだから当然だろ」

私の気持ちを代弁するように、玲央さんが言ってくれる。

「で？　いきなりなんの用だよ」

「もう、冷たい言い方！　あっ、ねぇ、ちょっとそこの人！　ジュース買ってきて！　百パーセントのグレープフルーツジュースがいい！」

「こら、質問に答えろ。それと杏璃を使おうとするな」

子どものように自由に話を変えて「飲みたい飲みたい飲みたいー！」と騒ぎながら、細い足をバタバタさせた。

「あ……じゃあ私買ってきます」

「いや、いい。俺が車出して買いに行く」

「えっ、でも……」

ドアの方に向かおうとする私を手で軽く押さえ、玲央さんは棚の上の車のキーを手に取る。

「えっ！　玲央くん行くの!?　じゃあ瑠奈も行く！」

「来なくていい。お前が来ると買い物ひとつも長くなる」

瑠奈さんは後をついていこうと一度立ち上がるが、冷たくあしらわれると拗ねたようにして再びソファに座った。

「杏璃。相手するの大変だろうが、少し頼むな。すぐ帰る」

引き留めようとする私の頭を、彼はぽんと撫でる。

「……話の続きは、後でな」

そう小さな声で言うと、玄関へ向かって歩きだす。

話の、続き。そのひと言に先ほどの近い距離を思い出し、胸がドキンと音を立てた。

車で出ていく玲央さんを窓から見送っていると、背後からこちらをじーっと睨む彼女の視線を感じてはっとする。

ま、まずい。ふたりきりになってしまった。

先ほどまでの様子から見るに、瑠奈さんは玲央さんのいとこで、さらに玲央さんに夢中で、そんな彼女にとって私の存在が気分のいいものではないことくらい、わかる。

「え、えーと……あっ、お菓子食べます？　長谷川さんが前に買ってきてくれたお菓子が……」

「いらない」

少しでも場の空気をよくしようとしたけれど、その提案もあっさりと断られてしまう。そして瑠奈さんは「それより」と言葉を続けた。

「聞きたいんだけど、玲央くんの嫁っていうのはどこにいるわけ？」

「え？」

その問いかけにきょとんとする私に、瑠奈さんは怒ったように、目の前のテーブルをバン！と叩く。

「噂で聞いたの！　玲央くんに婚約者ができたって！　けど、そんなの信じられない！　瑠奈は子どもの頃からずーっと玲央くんと結婚するって宣言してたのに……ポッと出の女に取られるなんて！」

『ポッと出の女』、それはつまり自分だ。心臓がギクリと嫌な音を立てる。

「だから、その女が玲央くんに相応しいか見に来たの！　どこ!?」

そ、そっか。玲央さんと一緒にいても、私がその相手だとは思ってないんだ。

開口一番罵(ののし)られなかっただけましかもしれないけれど、まったく関係ないと思われるのも、それはそれでなんだか複雑だ。

けれどここで『私です』とは言いづらい。というか、言いたくない。とはいえ、このまま玲央さんの帰りを待っていても、結局玲央さんが言ってしまうだろう。

どうせバレてしまうのなら、と私は恐る恐る小さく手を挙げた。

「は？　なに？」

「……わ、私、です」

「はぁ？」

一瞬きょとんとしてから、徐々にその言葉の意味を理解したのだろう。瑠奈さんは丸くしていた目をキッとつりあげて、立ち上がり詰め寄る。

「使用人じゃなくて？　あんたが？　玲央くんの？　はぁぁぁぁ!!?」

こ、こわい……！

ていうか、使用人だと思われてたんだ！

予想はしていたけれどその剣幕に押されて、私は肩をすくませる。けれど瑠奈さんは、威嚇するように顔を険しく歪めたまま。

「一応聞くけど、あなたどこで働いてるの？　出身は？　親の仕事は？　家柄は？」

こ、これは、嫁としての資質を調査されている!?

でも私はそもそも仕事を失ったなりゆきで婚約者になってしまったし、家柄もなにも、地方で働く平均的な家庭だし。

正直に言ったところで彼女の反応は想像つくけれど、見栄を張っても仕方ない、と私は意を決して口をひらく。

「い、いえ……先日仕事を失ったばかりで。親は、普通のサラリーマンです」

その説明に、瑠奈さんは『信じられない』といった様子で驚き、綺麗な黒髪の頭をがしがしとかいた。

だよね、自分の好きな人の相手がこれじゃ、苛立ちもあるよね！

「あなた、本当に玲央くんのことが好きなの？」

本当に玲央さんのことが、好き？

その問いかけは、私の本心を確かめるかのようだ。

なりゆきで結婚相手になっただけ、なんて、そう言ってしまえばこの場はおさまるかもしれない。

けれど、嘘はつきたくない。

はじまりはなりゆきでも、今の私の心は、彼のもとにあるから。

「……はい」

頷きながらはっきりと答えると、瑠奈さんはそれまで感情をむきだしにしていた表情を冷静なものに変える。

「それなら尚更、別れてよ」

「え……?」

それなら、尚更?

その言葉の意味がわからず、首を傾げると、彼女は呆れたように息をひとつ吐く。

「あなたみたいなどこにでもいるような女、玲央くんからすればもの珍しいだけ。興味を好きだと勘違いしてるだけで、どうせすぐに目を覚ますわよ」

勘違い。ずしりとのしかかる瑠奈さんの言葉は、重い。

「それに玲央くんの家は、父方が経営者一族、母方が音楽家一族……どちらも代々大きな名を背負ってきたの。そしてそれは、これから先もつないでいかなくちゃいけない。あなたみたいな人と結婚したら、立花家の名が汚(けが)れる」

きついほどはっきりと言われ、愕(がく)然とした。

瑠奈さんはなおも容赦なく言葉を続ける。

「まぁ、だからこそ、有名指揮者の娘で子どもの頃からバイオリニストとしてやってきた瑠奈は『いつか結婚するなら瑠奈ちゃんみたいな子ね』って言われてきたわけだけど」

長く続いてきた、経営者の血と音楽家の血。そこに、なんのとりえもない人間が入ろうなんて、無謀なこと。

包み隠すことなく、はっきりと言われて、胸がズキッと強く傷んだ。けれど、事実なのだろうこともわかっている。わかっているからこそ、余計胸が苦しい。

返す言葉もなく声を詰まらせていると、瑠奈さんはバッグから白い封筒を取り出し、そっと私の前に差し出す。

文庫本一冊分ほどの厚さの封筒に微かに透けて見えるのは、一万円札の絵柄。

「なにもタダで、なんて言わないわ。瑠奈だって鬼じゃないから」

つまりそれは、手切れ金というものだろう。

これだけ支払ってでも、離れてほしいと言われるなんてよっぽどだ。あまりの衝撃に、思考が止まってしまいそうになる。

けど、止まっちゃいけない。正しい判断を、しなくちゃ。私がするべき、判断を。

玲央さんのことが、好き。だからこそ、私はそばにいるべきじゃない。

言われてみれば、当然のこと。

私なんかが、玲央さん自身にも、家にもつりあうわけがない。玲央さんだってきっと、ただの同情心。仕事をなくした可哀想な私に、少し猶予をくれただけ。

本気になんて、しちゃいけなかったんだ。

ほんの少し自惚れていた自分がバカみたいで、乾いた笑みがひとつこぼれた。

「……わかりました。出て、いきます」

ぽつりとつぶやくと、瑠奈さんは勝ち誇ったようにふっと笑みをみせた。

「意外と物わかりがよくて助かるわ。じゃあこれ……」

「……お金は、いりません」

彼女が改めて差し出した袋に手を伸ばすことなく、首を横に振る。

お金は、いらない。

最初は生活するために結んだ契約。だけど、今この心にある想いはそれだけじゃないから。なにも得るものがなくても、玲央さんのことだけを想って身を引く。だから、それは受け取りたくない。

「あとで『やっぱり』なんて言っても遅いんだから。さ、わかったなら今すぐ荷物まとめて。この家には瑠奈が住むんだから」

追い払うようにしっしと手で示す瑠奈さん。私はその場から離れ、二階の自分の部屋へと向かう。そしてここへ来た時に持ってきたボストンバッグに、自分の荷物を手当たり次第に詰め込んだ。

「ワンッ」

簡単にまとまった荷物を手に下へと降りると、玄関の前ではノワールがいつものように目を輝かせて待っている。私が外に出ようとしているのを、散歩に連れて行ってもらえると勘違いしているのだろうか。

「……ごめんね、ノワール。散歩じゃないよ」

毛艶のいい頭をよしよしと撫でると「じゃあね」と外へ出た。

「杏璃？」

突然名前を呼ぶ声に、心臓がギク、と嫌な音を立てた。

声の主は、戻ってきたばかりの玲央さんだった。本当にすぐ行って戻ってきたらしい、その手が持つ袋にはグレープフルーツジュースと書かれたボトルが透けて見える。

「どうした？　瑠奈と一緒にいるのに耐えきれなくてノワールの散歩か？」

「いえ、あの……」

不思議そうにたずねる彼に、なんと答えていいかわからず口ごもる。するとその目が私の手元のボストンバッグへと留まった。

「その荷物、なんだ？」

「え、えっと……」

言わなきゃ。普通の顔で、なんてことないことのように。笑って、さよならって、おしまいって。軽くでいい。

そう心の中で何度も言い聞かせ、私はへらっと笑みを見せた。

「すみません。私、今日限りでこの家を出ていきます」

そう答えると、その顔は驚き目を丸くする。けれど徐々に言葉の意味を把握するかのように険しい顔を見せた。

「は……？　なんだよそれ、どういうことだよ、いきなり。瑠奈になんか言われたのか？」

察しがいい。すぐ瑠奈さんの名前が出てくるあたり、彼女の性格やどんなことを言いそうかなどわかっているのだろう。

けれど私は否定も肯定もせずに、作った笑顔をはりつけたまま。

「もともと仕事がないからと契約しただけですし……玲央さんだって、結婚相手はもっと本気で、真剣に選ばなきゃダメですよ」

そう言って歩きだそうとした私の腕を、玲央さんはガシッと掴んだ。

「ふざけんな。俺は本気で、真剣にお前と結婚したいって思ってる」

痛いくらいの力が込められる手。

まっすぐに見つめる目。

「……俺のそばに、いてくれ」

その言葉が、本気なんじゃないかって、錯覚させる。本気だったら、どんなに嬉しいだろう。だけど。

「……離して」

彼はいつか、目を覚ます。ふと我に返った時に、自分にはもっと相応しい人がいたんじゃないかと思われてしまうかもしれない。

触れないで、見つめないで。もっと好きに、なってしまうから。

「あ、玲央くん帰ってきたー？」

「瑠奈、お前……」

その時、背後のドアを開けて顔を覗かせた瑠奈さんに、玲央さんの気が一瞬逸れた。

その隙に私はバッと腕を振り払い、逃げるようにその場を飛び出した。

「あっ……杏璃‼」

短い夢を、見ていたんだと思う。

御曹司に見初められて、受け入れてもらえて、好きだなんて思ってしまった。

だけど、現実は甘くない。私と彼とでは住む世界が違う。見てきた景色も、この先に見る景色も、なにもかもが違うんだ。だからこそ彼が私に示した興味を、好意かもしれないなんて自惚れた自分が、憎い。

だけど、それでもやっぱり好きで、好きで、想いは涙になって溢れた。

「っ……」

声をこらえて、涙を必死に手で拭う。

逃げるように長い距離を歩き、目黒駅までやってきた私は、駅前の大きな通りをひとり歩いていた。拭っても拭っても止まらない涙を拭い続ける私を、すれ違う人々は何事かと見ながら歩いていく。

いい加減、泣き止まなくちゃ。アパートに帰って、仕事を探して、自分の生活に戻らなくちゃ。

「……杏璃?」

「え……?」

突然呼ばれた名前。顔を上げるとそこにいたのは、細身のスーツに身を包んだ関さんだった。

その顔は驚いたように私を見る。

「関さん、なんで……」

「たまたま車で通りがかったらお前が見えたから……ていうかお前、なんで泣いてるんだよ」

関さんにそう言われて、慌てて涙を拭い直す。けれど上手く止まってはくれなくて、余計に自分を滑稽に見せた。

「なんでも、ないです……ほっといて」

すると関さんは私の腕を掴み、涙を拭う手を止めさせる。

「どう見ても、なんでもなくはないだろ。……話聞くくらいならしてやる。来い」

そう言ってそのまま腕を引く彼を、これまでなら強気で拒んだだろう。けれど今はそんな力は出なくて、されるがまま後をついていった。

なんでもなく、ない。苦しいよ、胸が痛いよ。

玲央さんを好きだと思うほど、切なさが心を締め付ける。

君は少し遠い　～side玲央～

『すき』。そう言った彼女の、赤い頬と唇の感触。『……離して』。そう言った瞬間の、悲しげな表情。

それらが頭から離れない。

待ってくれ。そばに、いてくれ。声に出して手を伸ばすのに、彼女には届かない。

杏璃。杏璃。

「杏璃っ……！」

部屋中に響く自分の声で目が覚めた。

はぁ、はぁ、と息を切らせてふと我にかえると、そこはいつもと変わらぬ広い寝室だった。

窓の外はまだ薄暗い。朝方なのだろう。額(ひたい)にじんわりと滲(にじ)む汗で湿った前髪をグシャグシャとかいた。

「……はぁ、起きるか」

ため息をひとつこぼし、体を起こすと、ベッドから下りて一階へと向かう。

なんで、あんな夢を見たのか。

それはきっと、昨日、この家を去る杏璃を引き留められなかったことを、ひどく後悔しているからだと思う。

杏璃は突然家を出ていくと言い、俺の手を振りほどいていった。どうして突然と思った半面、瑠奈がなにかを言ったのだろうことも想像ついて、俺はすぐ瑠奈を問い詰めた。

けれどいくら問い詰めようとも瑠奈は口を割ることはなく、これ以上は無駄だと判断した俺は、家を出て杏璃を探しに駆け回った。

家の近所から駅の方まで、探し回ったがその姿はなかった。携帯に電話をかけてみても出ることはなく、杏璃が婚姻届に記入していた住所を思い出しながら杏璃が住んでいたアパートにも行ってみたが、帰っている気配もなかった。

結花ちゃんのところにでも行っているのだろうか。さすがに結花ちゃんの連絡先までは知らないしな。

そうあれこれと考えて、必死すぎる自分が少し情けない気もした。けれど、必死になってでも杏璃を引き留めたかったんだ。

『もともと仕事がないからと契約しただけですし……玲央さんだって、結婚相手はもっと本気で、真剣に選ばなきゃダメですよ』

　わかってたよ。俺との生活が、あいつにとっては生活のためでしかなかったなんてこと。わかってたけど、『すき』のひと言を嬉しいと思わないはずがなかった。

「……本気で選んでるっての」

　もっとはっきりとした、伝えるべきひと言が、あの場で言えなかった。そんな自分が悔しくて、もどかしい。

　キィ、とドアを開けリビングへと出ると、物音で目を覚ましたのか、いつもは部屋の端で寝ているはずのノワールが近づいてきた。

「……ノワール。悪いな、起こしたか？」

『クゥーン……』

　頼りない声を出しながら、ノワールが口にくわえているのは、杏璃が忘れていったハンカチ。香りがついているのだろうそれをくわえて、ノワールはしっぽを下げた。

　この時間に杏璃がいないことで、なんとなく察しているのかもな。

「……寂しがるなんて、短い期間で随分懐いたんだな」

　ノワールに言ったひと言が、自分の心にも悲しく響いた。

　瑠奈は母方のいとこであり、バイオリニストとして幼い頃から活動している。

綺麗な顔立ちに華奢な体、そんな見た目だけでなく、バイオリニストとしての腕もちろんすばらしく、さらには英語やフランス語など五ヶ国語が話せる才女だ。

幼い頃からそんな優秀さを感じさせていた彼女を、母や周りの親戚は『いつかは玲央のお嫁さんかしら』なんて冗談交じりに言い、本人も俺によく懐いていたものだから、それを本気にして『玲央くんと結婚するのは瑠奈‼』と宣言していた。

子どもの頃は流せたが、まさかそのまま大人になって、しかも本気で言い続けているなんて。

一途なことはいいところだ。本当に優秀な人だとも思う。だがあのプライドの高さだけは、どうにも合わない。あの瑠奈が杏璃になにを言ったかなんて、ある程度想像できる。

あぁ、やっぱりふたりきりにさせるべきじゃなかったな。

でもあそこで瑠奈のために杏璃を使うのは違うし、嫌だし、とはいえ杏璃をひとりあの家に残しておくのも不安ではあった。

どうすることが正しかったのか、未だにわからずうーんと頭を抱え身支度を始めた。

昨日、散々杏璃を探し回り帰宅をすると、すでに瑠奈の姿は家になかった。代わりに残されていたのは、【今日は帰ります。また明日会いにくるね。　瑠奈】と、ハートマークだらけのメモ一枚。

ただでさえ杏璃が出ていって苛立っているのに、朝から家に押しかけられてはたまったもんじゃない。

そう思った俺はいつもの出勤時間より一時間ほど早くホテルへとやってきて、仕事を始めた。

まだ時間はあるし、館内でもじっくり見回りするか。

今日の仕事は、昼間に経営会議、その後は夕方からのパーティー準備だ。今夜はうちの親会社主催の親睦会。親父はもちろん来るんだろう。顔の知れた会社の人々とはいえ、挨拶して愛想振りまいて、面倒だ。

ホテルのバックヤードにある社長室を出て、俺はまずはフロントへと向かった。

「あっ、玲央くーん！」

ところが、そこで俺を出迎えたのは、黒いロングヘアを揺らした瑠奈だった。ロビーのソファに座っていた瑠奈は、俺を見つけた途端立ち上がり足早に近づいてきた。

「……瑠奈。ここでなにしてるんだよ」

「おはよっ。玲央くんの家行こうかと思ったんだけど、今日は仕事かなーって思ってこっち来ちゃった」

昨日の一件のことなど本人の中ではもうすっかり過去のことなのだろう。いつも通りの笑顔で言う瑠奈に、イラ、と不穏な感情が込み上げる。

「今日、会社のパーティーでしょ？　お父様も来るならパーティーの前にご挨拶したいなーって思って」

「は？　なんのだよ」

「なんのって、決まってるじゃん！　瑠奈と玲央くんが結婚しますって！」

その言葉とともに、瑠奈はぎゅっと俺の腕に抱きついた。

「離せ」と振り払おうとするものの、瑠奈はその細腕に力を込めて離れない。

「昨日も言っただろ。俺はお前とは結婚しない」

「なんでー？　瑠奈意外と料理もできるし掃除も得意だよ？　玲央くんのためなら美も保つしなんでもしてあげるもん！」

「なんでもする？　なら昨日杏璃になに言ったか教えろ」

すかさず問い詰めると、瑠奈は『それとこれは別』とでも言うかのように、腕に抱きついたまま顔を背けた。

あぁもう、一向に話が進まない。

そう察した俺は、瑠奈の腕を引いて歩きだす。

「きゃっ……玲央くん？」

子どもの頃から知っているというよしみで、これまであまり強くは言えなかったが、仕方ない。

しっかりと話をつけなければ。

そう心に決め瑠奈を連れてやってきたのは、バックヤードにある応接室。マホガニーのテーブルに白いソファと高級家具で固められた室内に入ると、バタン、とドアをしっかり閉じた。それと同時に瑠奈の腕からそっと手を離す。

「いきなりなに？　玲央くん……あ、もしかして瑠奈とふたりっきりになりたくなっちゃった？」

「あぁ。そうだな」

俺の返事は予想外のものだったのだろう。瑠奈は、少し驚き一瞬顔を緩めた。

「ふたりきりで、改めて話がしたい」

ところが、俺の真剣な表情で話の内容を察したのか、その顔からは笑みが消えた。

「……もう一度聞く。昨日、杏璃になに言った？」

冷静に再度問いかけると、瑠奈は不機嫌そうに顔を背ける。

「べつに……なにも言ってないもん」

「じゃあ、なんで杏璃がいきなり出ていった？」

「知らないもん！　自分が玲央くんにつりあわないってことに、やっと気づいたんじゃないの⁉」

『つりあわない』という、瑠奈のその言葉で思い出したのは、昨日、杏璃が去り際に見せた表情。

『玲央さんだって、結婚相手はもっと本気で、真剣に選ばなきゃダメですよ』

そう言って、悲しげに歪んだ笑み。

俺がいない間にふたりの間に起こった会話が、想像からほぼ確信に変わり、俺は瑠奈のすぐ横にあった壁を拳でガンッ‼と思いきり殴りつけた。

「……そうやって上から目線で、杏璃を傷つけるようなことを言ったのか？」

静かに湧き上がる怒りが伝わっているのだろうか。瑠奈はビクッと身を震わせて、唇を噛む。

「なによ、杏璃、杏璃って……瑠奈だってずっと玲央くんのことが好きだったのに！　なんであんな、大してかわいくもない、なんのとりえもない普通の人にとられなきゃいけないの⁉」

かわいくない？　とりえもない？　普通？　杏璃の、どこが？

「そうやって、目に見えるスペックだけで相手を測って、勝った気でいて満足か？」

「え……？」

「あいつは、いつも向き合ってくれる。……逃げ腰の面倒な俺からも目を逸らさないでいてくれる。悲しみも幸せも、一緒に大切にしてくれる」

いつだって笑顔で包んでくれるから、彼女の存在はこの胸をこんなにも大きく占めてしまうんだ。

「そんな杏璃だから、笑ってくれると嬉しい。泣かれると抱きしめたくなって、守りたいって思う」

誰になにを言われたとしても、そばにいたいと思うのは、彼女だけ。

「そ、そんなの瑠奈だって……」

「お前は、俺の生まれ育ちが違ってもそう思えたか？」

「え……？」

唐突な問いかけに、瑠奈は目を丸くする。

「もしも俺が今、社長を辞めて普通の会社員になって、それでも一緒にいると言ってくれるか？」

もしも、の話。けれどここで容易に頷いて、『もしも』本当に俺が今の立場を捨てたら。そう想像すると頷けないのだろう。

その瑠奈の反応ひとつで、言葉などなくても答えはわかる。

「……俺は、一緒にいるなら何者でもない〝立花玲央〟の俺と向き合ってくれる人とがいい」

かっこ悪くたって、どんな俺とも向き合ってくれた。だからこそいっそう、彼女の存在がこの胸に色濃く焼きつくのだろう。

「杏璃のことが、好きなんだ。だから瑠奈の気持ちには答えられない」

まっすぐ目を見て言い切った俺に、もうこれ以上どんな言葉も意味がないと察したように、瑠奈はぐっと拳を握る。

「なにそれ……意味わかんない！　玲央くん趣味悪すぎ！」

そして捨て台詞を吐くと、逃げるように部屋を出た。開けたドアの前にちょうどいた檜山に対しても、「邪魔！」と体を突き飛ばしながら。

あっという間に去っていった瑠奈と入れ替わるように、話が終わるのを待っていたらしい檜山は書類を手に応接室へと入ってくる。

「大丈夫ですか？　話は無事終わりましたか」

「あぁ。お前こそ突き飛ばされてただろ、大丈夫か？」

身内が悪いな、とひと言謝る俺に、その顔は笑ってフォローをすることもなければ不快感を露わにすることもない。いつも通り、いまいち気持ちが読めない顔だ。

「でもまぁ、あれだけはっきり言えばわかってくれるだろ」

「だといいですけどね。でもてっきり乗り換えたのかと思ってました。社長は今の子に、三浦さんは関オーナーに」

「乗り換えたってお前なぁ……、ん？」

瑠奈に乗り換えるわけないだろ、そう言おうとして、檜山の言葉が引っかかる。

『三浦さんは関オーナーに』って、どういう意味だ？

「おい、なんで関の名前が出る？」

「昨日の帰り駅前の店に寄ってたら、そこで三浦さんが関オーナーといらっしゃったんで」

昨日、ってことは、あのあと？　駅前で杏璃が、関と？

「なんか三浦さん、泣いてて、関オーナーが声をかけて車に乗せてましたよ」

「は……!?」

ただの偶然？　それにしてはできすぎてる？　だとすると、杏璃が関に連絡した？

いや、偶然だろうとなんだろうと、杏璃が関を頼ったことだけは事実だ。そう思うと、言いようのない苛立ちが込み上げる。

取られたくない、触れられたくない。強い嫉妬を感じると同時に、つけ入る隙を与えてしまった自分に腹がたつ。

「……檜山、今日のパーティーの前に、頼まれてほしい業務がある」

決心を秘め、檜山に命じる。

伝えよう。この気持ちが、その心に届くまで。何度だって、繰り返し。

君だから、そばにいてほしい。そばにいたい。そう、強く思うから。

旦那様は愛を誓う

生まれ育った環境、これまでの過ごし方、今現在のそれぞれの立場。

どれをとっても自分なんかじゃ、玲央さんにつりあわないってわかってる。最初からちゃんと、わかってた。

だけどそれでも、好きだって思ってしまった。

結婚という彼がくれた条件が、彼の本心だったらいいのにって願ってしまった。

そんなわけ、なかったのに。

玲央さんは、優しいから私に同情して〝結婚相手〟という役目をくれただけ。たとえ彼と私がそれをよしとしても、周りはそうじゃない。彼のこれまでを、これからを、私が汚してしまう。

できることなら、もっと早く思い知っておくべきだった。そしたら、好きだなんて気持ち認めなかったのに。

なんて、そんな自分に笑えてしまう。

『認めなかった』なんて。認めなければ、なかったことにできるの?

玲央さんへの、この想いを。なかったことにできたのだろうか。


「……ん……」

ふかふかなベッドの感触と、あたたかな日差しで目が覚めた。

クリーニングしたてのような清潔感のある香りを吸い込み、ここが自宅でも、玲央さんの家でもないことに気づいた。

ん、ここ、どこ？

寝ぼけた頭で、まだ上手く開かない目をこする。

辺りを見渡せば、そこは真っ白な壁の高級感あるホテルの一室。大きな窓からは太陽の光が注いでいる。

そっか、昨夜は私ホテルに泊まったんだ。でもどこのホテルに、そもそもなんで泊まったんだっけ。

ぼんやりと考えながら、ごろんと寝返りをうつ。すると同じベッドの上では「すー……」と寝息を立て眠る姿があった。

それは、やや面長の、黒髪の彼――そう、関さんの姿だった。短めの睫毛（まつげ）を伏せすやすやと眠る彼を前に、私の思考は一度固まる。

ん？　ん？　んんん??　な、なんで関さんがここに？　ていうか、同じ部屋に、同じベッドに寝てるの？

混乱しながらその顔を見つめていると、関さんも朝陽の眩しさを感じたのか、眠そうにそっと目をひらく。

「……ん……、朝か……」

いつもは綺麗にセットしてあるその黒い髪を手でぐしゃぐしゃとかきながら、こちらを見た。

よく見れば、私と同じシーツの中にいる彼は裸だ。裸の男性と、同じベッドで一晩。その状況から想像する昨夜のことに、サーッと血の気が引く。

そんな、私、まさか、関さんと――。

「ぎゃっ……ぎゃー！　嫌ー！　変態ー‼」

「うおっ！」

まるで自分が被害者かのように悲鳴を上げながら、思いきり関さんの体を突き飛ばす。

その勢いで関さんはノーガードでベッドから落ちた。

見れば彼は上半身の服を脱いでいただけらしく、下はきちんとスーツのスラックスを履いている。

「お前なぁ……いきなりなにすんだよ！　あぁ⁉」

「だ、だって、なんで関さんがここに……」

「なんでって、昨日泣きべそかいてたお前を拾ってやって、うちのホテルで飯たらふく食わせてやったんだろうが！」

怒りながら立ち上がる関さんの横で、そうだったっけと昨夜のことを思い出す。

そういえば、昨日は駅前で関さんと行き会って、『うまいもの食わせてやるからとりあえず落ち着け』という言葉に甘えて、品川クイーンズホテルのレストランでごちそうになったんだっけ。

あれ、でもお腹いっぱいになったあたりで記憶がない。

そんな私の心を見透かすかのように関さんは言葉を続ける。

「レストランで食うだけ食ったらワインがぶ飲みして酔うわ、仕方がないから泊めてやろうとここまで運んできたら俺のシャツに吐くわ……挙句変態呼ばわりとは、いい度胸だなぁ？」

「す、すみません……‼」

そうだったんだ！　二日連続で酔い潰れるなんて。しかも昨夜は関さんの前にもかかわらず、記憶がないほど飲んで吐くなんて、あぁ、自分のバカ！

当分お酒は控えよう、と胸の中で決めた。そして、シーツをめくり自分の姿を見てみれば、ブラウスのボタンひとつすらも外れていない。

関さんが酔った相手に手出しするような人じゃなくて、よかった。

いや、まぁシャツに吐かれちゃそんな気もなくなるだろうけどさ。よかったような、女としてはどうかと思うような、複雑な気持ちだ。

ベッドから下り、近くにあったソファに座る。手ぐしで髪を整えていると、ちょうど部屋のドアがコンコンとノックされた。

「失礼いたします。オーナー、新しいシャツをお持ちいたしました」

「あぁ、悪いな」

ドアから姿を見せたのは、客室係なのであろう若い女性。

彼女が手にしている綺麗に畳まれた白いワイシャツはきっと、昨夜私が汚したものの代わりの新しいシャツなのだろう。ドアの方へ近づくと関さんはそれを受け取った。

深い礼をして女性がその場を後にすると、関さんはバタン、とドアを閉じてシャツに袖を通しながらこちらへ戻ってくる。

「で？　お前、昨日家帰らなくてよかったのか？　旦那サマが心配してるんじゃないのか?」

「……別に、私の家はあそこじゃないですから」

『旦那サマ』、嫌味っぽく言うその言葉に、ぼそっと小さな声で答えた。

けど、思えば関さん、昨日私が泣いている時もなにも聞かずにいてくれたんだよね。

なんだかんだ言って、いいところもあるのかも。

その優しさに対して無言のままでいるのは、ずるい。そう思い、口を開いた。

「……玲央さんとの結婚、やめることにしたんです」

つぶやくと、関さんはまるで予想していたかのように大して驚くことなくシャツのボタンを留める。

「へぇ、なんで? あ、優しいだけの男なんてつまらないって気づいたか?」

「つまらなくなんてないですよ! 玲央さんといるのは幸せですもん!」

意地悪く笑う関さんのこういう言い方は相変わらずだ。

つまらないわけ、ない。

玲央さんといるといつも笑えて、幸せで、胸があたたかくなる。一緒にいたいって、願ってしまうほど。だけど。

「……けど、私じゃつりあわないから。こんな私相手に、玲央さんが本気になんてなるわけない」

なんのとりえもない。つりあう人間でもない。あのキスの意味は、きっとただの興味で、『そばにいてほしい』のは嫁という役目として。

また泣き出してしまいそうになるのを我慢していると、シャツを着直した関さんが私の隣に腰をおろし、なにかを考えるように少し黙る。

かと思えば次の瞬間、伸ばした右手で私の体を抱き寄せた。

「きゃっ……」

あまりにも突然のその行動に、抵抗も出来ずその腕の中におさまる。

無理やり、というより優しく包むような力で抱き寄せられ、細く見えるその腕の意外なたくましさを感じた。

「関……さん？」

いきなり、なに？

そうたずねるように名前を呼ぶ。

「じゃあ、俺の嫁になれば？」

耳のすぐそばで、彼の低い声が響いた。

それってつまり、関さんと結婚しないかってこと？

「……またそうやって、玲央さんに嫌がらせのつもりですか？」

「違う」

「え……？」

以前のこともあり、また冗談かなにかだろうと思いながら顔を上げる。けれど、至近距離で私を見つめる関さんの目は笑っておらず、いたって真剣なものだった。

「今回は立花なんて関係ない。お前自身に、興味があるんだよ」

私自身に？

予想もしなかったその言葉に、驚き目を丸くする。そんな私をその目に映しても、関さんは真剣な顔つきのまま。

「立花との結婚、やめるんだろ？　ならいいだろ。俺だって、あいつと同じくらい金もあるし安定してる。大切にだってするよ」

「けど……」

「なんで迷うんだよ。立花も俺も、条件は変わらないだろ？」

条件は、変わらない？

そう、だ。関さんも、こんな立派なホテルを経営していて、安定感もあって、見た目だって素敵だ。きっと、本当はいいところもある人で、仕事代わりに彼との結婚を受け入れても不幸にはならないと思う。

だけど、違う。違うよ。

彼の腕の中で、私は小さく首を横に振る。

「よくないです。私は……条件で玲央さんを選んだんじゃない。お金があるから、安定してるから、玲央さんを好きになったわけじゃない」

条件なんて、関係ない。お金がなくたって、社長じゃなくたって、今となにもかもが違うとしても、それでも私は、玲央さんのことが好き。彼の優しさを知っているから。あたたかさや弱さも知っているから。

だから、叶わない想いがどんなに苦しくたって、悲しくたって、関さんに逃げたりはしない。

そう関さんをしっかり見つめて言い切ると、彼は抱きしめていた右腕をそっとほどく。そしてそのまま、その手を私の左頬に添えると、むにっとつまんだ。

「ひゃっ⁉　いきなりなに……」

「それは、あいつもそうなんじゃねーの？」

「え？」

あいつもって、玲央さんも、ってこと？

「お前が、なんのとりえもない、金もない、ただの大食い女でしかないことくらい、俺だって知ってるんだよ」

「うっ……！」

そんなはっきり言わなくても！

さすがにグサグサっと刺さるその言い方に、反論ひとつもできない。そんな私を、関さんは呆れたように笑う。

「けど、それでも立花は、お前を結婚相手に選んだんだろ。それを、つりあわないとか本気になるわけないとか言うなよ。あいつの気持ちを、否定してやるなよ」

玲央さんの、気持ち――。

仕事をなくした私を、救ってくれた。他の人が否定した私を、認めてくれた。

『俺のそばに、いてくれ』

そう、伝えてくれた。そんな彼の気持ちを、私は一方的に否定してしまっていたんだ。

どうせただの興味でしかない、どうせつりあわない。どうせ、どうせ、と勝手に諦めていた。

彼の本心はわからない。ただの興味でしかないのかもしれないし、つりあわないかもしれない。認めてもらえないかもしれない。

だけど、それでもたったひとつ変わらない想いは、あなたが好きだという気持ち。

それを伝えもせずにひとりで終わらせるなんて、したくない。

彼と向き合い、気持ちを伝えよう。そんな前向きな気持ちが、胸に込み上げてきた。

「……はい……」

それに気づかせるために、わざとさっきのようなことを言ったのだろう。やっぱり関さんは、本当は、いい人なのかもしれない。

「……普段からそうやっていい人でいれば絶対モテますよ、関さん」

「は？　俺は普段からいい人だけど」

真顔で言っているけれど冗談にしか聞こえないその言葉に、はは、と苦笑いで応えた。

するとその時、コンコン、と再び部屋のドアがノックされた。

「ん？　はい？」

「度々失礼いたします。オーナー、少々よろしいでしょうか」

ドアの向こうから聞こえてきた声は、先ほどシャツを持ってきた女性のもの。その声に、関さんは私から手を離すと不思議そうにソファを立ち、ドアを開けた。

「どうした？　なにかあったか？」

「あ……いえ、こちらの方が三浦さまにご用があるそうで」

三浦さまって、私？

まさか自分の名前が聞こえてくるとは思わず、ついドアの向こうを覗き込む。

すると、人気のない廊下で女性の後ろに立つのは、紺色のスーツを着た細身の男性
──檜山さんだった。

彼は女性の背後からこちらを見て私の姿を確認すると、視線を関さんに移し小さく会釈をした。

「どうも、ガーデンタワー東京の檜山と申します」

「あぁ、確か立花の秘書の……なんの用？」

顔を合わせたことがあるのだろう。関さんは檜山さんを見て少し驚きながらたずねる。そんな彼に対して、檜山さんは無愛想なまま。

「立花社長から、彼女を引き取りに行くよう指示を受けまして」

え？　玲央さん、から？

檜山さんが現れたということだけでも驚きなのに、玲央さんから、という言葉に余計驚いてしまう。

それにはさすがに関さんもひどく驚いた様子で、呆れたように「ははっ」と笑った。

「立花から？　よくわかったな、ここにいるって……ＧＰＳでもつけられてるんじゃないのか？」

檜山さんは特になにも答えることなく部屋に入ると、左手でテーブルに置いてあった私のバッグを掴み、右手で私の腕を引っ張った。

「へ？　ひ、檜山さん!?」

そしてスタスタと部屋を後にする。食事もごちそうになって、泊めてもらって、関さん相手とはいえさすがに失礼すぎる気が！

気になってちらりと振り返ると、関さんは特に気に留めていないのか、ふっと笑みをうかべて軽く手を振ってみせた。

関さんって、やっぱり、いい人なのかも。

そう思いながら、長い足でスタスタと歩く檜山さんに、慌ててついていく。

「あの……檜山さん？　なんでここに……まさか本当にＧＰＳを？」

「なわけないでしょう。俺が昨日たまたま見かけたんですよ、三浦さんの浮気現場」

「な!?」

う、浮気現場!?ってまさか、駅前で私と関さんが会った時のこと？

「それを立花社長に伝えたら連れ戻すよう言われまして。とりあえずこっちをたずねてみたら、ビンゴだったたってわけです」

「って、玲央さんに言ったんですか⁉」

「ええ。そりゃあ当然」

そんな、玲央さんに言ったなんて！

結婚を断って家を出た後に他の男といたなんて、私とんでもない女だと思われてるんじゃない⁉

けど、それでも『連れ戻すように』と言ってくれたたってことは、話し合いたい、向き合いたいと、思ってもらえてるってこと、かな。

戸惑いながらもそう考えながら、彼とどう向き合うべきか心は悩む。

でも、さっき関さんが言ってくれた。

『つりあわないとか言うなよ。あいつの気持ちを、否定してやるなよ』

否定せず、逃げることなく、向き合うべきだ。彼と自分の、気持ちと。

檜山さんは私を連れてホテルを出ると、地下の駐車場に停めてあった車に乗った。

そして無言のまま、玲央さんのホテルか目黒の自宅に向かう——かと、思いきや。車は六本木方面へと向かっていく。

「あれ……檜山さん、どこへ？」

「立花社長から準備を整えてから来るように言われてますので」

「準備？」

なんの？と、きょとんとした目を向けるも、檜山さんはこちらを見ることなく、答えてなどくれない。

そのうちに車は見覚えのある建物の前に止まる。

『simple dresser』と書かれ店頭にドレスが飾られたそこは、そう、先日パーティーの際にも檜山さんに連れてこられたドレスショップだ。

「あの、ここになんの用が？」

さっきから疑問ばかり投げかけている気がする。なにを聞いてもやはり檜山さんは答えてなどくれず、車を降りると私にも降りるよう命じて店内へと向かう。

「いらっしゃいませ〜」

「どうも。今日もお世話になります」

「立花さまからお電話いただいております。では、早速」

真っ白な壁に囲まれた店内に入った途端、先日同様出迎えてくれた女性たちが、私の背中を押して奥の試着室へと押し込む。

「わっ、あの、なんで……」

「今回は華やかなものがいいとのことでしたので、赤系を用意してみたんですよ～！　あら、でもパールピンクも似合いそうですねぇ」

そしてまた今回も、わけもわからず服を脱がされドレスを着せられ、髪をセットされ一時間後。

そこには、淡いピンク色のワンピースに身を包んだ私の姿。先日のドレスよりもやや幼い印象だけれど、華やかさとかわいらしさのあるものだ。

ドレスの雰囲気に合わせ、髪型もふわふわに巻かれ、やはり今回も鏡を見ても自分じゃないかのような気がする。

「終わりましたか？」

「あ、はい……」

待っている間仕事をしていたのだろう。薄型のノートパソコンを閉じてこちらを見た檜山さんは、私を見て頷く。

「やっぱり、見た目だけは悪くないんですね。あと知的さと色気と上品さが備わって食欲が減ってくれれば言うことないんですが」

「って足りないところだらけじゃないですか！」

もう、ひどい！

子どものように膨れっ面をする私を、檜山さんはふっと笑う。

「あの、さっきから聞きたかったんですけど……今日、なにかあるんですか？」

「ええ。親会社主催の親睦パーティーが」

親会社ということは、玲央さんのお父さんも、来るってこと？

この前のパーティーの時同様に、婚約者として笑って隣に立てということかな。きちんと話もできていないのに、そんなことできる気がしない。

「……瑠奈さんじゃなくて、いいんですかね」

「え？」

「玲央さんの隣に、いる人」

向き合わなくちゃって、思ってた。けれど、いざとなると怖気づいてしまう。

彼の隣には瑠奈さんのような人がいるべきなんじゃないか。昨日の瑠奈さんの話を思い出すと、尚更そう思えてしまい、また心を闇が覆う。

「いいんじゃないですか。社長が選んだんですから」

檜山さんからの思わぬひと言に、驚いて顔を上げた。

彼の顔には相変わらず愛想はない。けれど、目を見て伝えてくれる。

「立花社長があなたを選んで、隣にいてほしいと願ってるんだから。堂々としてればいいんですよ」

そしてぽんと軽く頭を撫でる。玲央さんより細い指をした、やや女性的な手。けれどその手は優しくて、心をそっと励ましてくれているかのようだ。

堂々と、していればいい。彼が、隣にいてほしいと願ってくれているなら。

小さく頷くと、檜山さんは再び私の腕を引いて歩きだした。そしてドレスショップを後にすると、車に乗り、恵比寿にある玲央さんのホテルへとやってきた。

檜山さんに案内されるまま建物内を歩き、奥にあるホールへと向かう。

【立花コーポレーショングループ親睦パーティー】と書かれた入口を一歩入ると、広々としたホールの中、テーブルにはたくさんの料理が並び、ドレスやスーツに身を包んだ人々でにぎわっていた。

檜山さんは壁沿いを歩き人波を上手くかわすと、スタッフのひとりに声をかけて、なにやら連絡を回す。

「あの、檜山さん……私はどうすれば、」

聞こうとしたその時、マイクのスイッチが入り、ステージ横の司会者が口を開いた。

「皆さま、お待たせいたしました。次に、ガーデンタワー東京のオーナー兼社長を務めます、立花玲央さんより皆さまにご挨拶がございます」

玲央さんの名前が呼ばれステージへと目を向けると、白いステージにライトグレーのスーツに身を包んだ玲央さんが現れた。

人々の視線が一気に向けられる中、怯むことなく堂々と立つ姿は、まさしく社長の貫禄だ。

「只今ご紹介にあずかりました、ガーデンタワー東京の立花と申します。本日は当ホテルにご来店いただきー……」

慣れた様子ですらすらと挨拶を述べる彼を見つめていると、こちらを向いた玲央さんとふいに目が合う。

彼は私の位置を確認したかのように見ると、自然な口調で挨拶をひと区切りさせ、「さて」と話題を変えた。

「ここで、私事ではありますが皆さまにご報告がございます」

報告？　参加者の人々と同じように『なんだろう』と疑問を浮かべていると、玲央さんは一度ステージを下りて、歩きだす。

そしてこちらの方へと近づいてきた彼は、まっすぐに私のもとへやってくると、手を掴み引っ張りながら再びステージへと戻る。

「えっ……れ、玲央さん？」

驚きを隠せず、小さな声で問いかけるけれど、彼は答えることなくそのまま再度ステージへと上がった。

たくさんの人の好奇の視線が一気に向けられ、息が止まりそうだ。

いきなり、なに？

ちら、と玲央さんを見ると、彼は私の手をぎゅっと握って小さく笑う。

「こちらの彼女……三浦杏璃さんと、正式に結婚いたしますことを、ご報告いたします」

彼の発したひと言は、まさかの言葉だった。

って、え？　なんで、そんな、いきなり。

驚き固まっていると、客席からは「おぉ！」「えぇ!?」と喜ばしい声や驚きの声が聞こえてくる。でも玲央さんは平静を見せたまま。

「彼女自身はつい先日まで小さな会社で事務員として働いていた、事業とは無縁の方です。経営に関しても、彼女が望まない限り携（たずさ）わってもらおうとは考えておりません。……正直、学歴や家柄、育ちがどうとあれこれ言う方もいるでしょう。ですが、彼女以上に安心感や愛しさを感じられる人はいません。彼女だからこそ、一緒にいたいと願います」

玲央さんははっきりとした、けれど穏やかな声で言い切った。

「杏璃を、愛しています」

愛して、いる。玲央さんが、私のことを。

どんな言葉よりもストレートで、疑いようのない言葉を、こんなにも多くの人の前で宣言してくれている。

「未熟者ですが、これからも会社のため、家族のため一層業務に励む所存(しょぞん)です。ご指導ご鞭撻(べんたつ)くださいますようよろしくお願い致します」

玲央さんはそう挨拶をまとめると、一礼をして私を連れてステージを下りた。その堂々とした挨拶に、会場中からは大きな拍手が響いた。

玲央さんはそのまま会場を出ると、私の腕を引いたまま建物から出る。そして、人気のないガラスのチャペルに入ると、大きなドアを閉め、ふたりきりの空間で向かい合う。

人々の視線から解放されたものの、この胸はまだ、驚きで震えている。

「な、なんで……いきなり、正式に結婚なんて……」

「別におかしいことじゃないだろ。前から言ってたはずだ、お前は俺の嫁だって」

そりゃあ、言っていたけど。それはフリというか、仕事としてというか。

言い訳を探す私に、玲央さんはこれが夢ではないことを報せるかのように、私の頬をぎゅっとつねった。

「つーかお前は、なに関に乗り換えようとしてるんだよ。ホイホイついていきやがって、バカ女」

うっ。別に乗り換えようとかそんなことは一切ない。けれど、ホイホイついていってしまったのは事実なものだから、私は反論できず言われるがままだ。

そんな私に、玲央さんは呆れたように息を吐くと、頬をつねっていた手を離し、両手でそっと顔を包んだ。

迷いのない目が、まっすぐに私を見つめる。

「好きだよ、杏璃。杏璃が笑うと嬉しくて、その顔をずっと見ていたいって心から思う。信じてもらえないとしても、言うよ。杏璃を好きな気持ちは、一生変わらない」

一生変わらない、好きという気持ち。

彼が伝えてくれる想いに、私も胸の内の本音をこぼす。

「……でも、私じゃつりあわないんじゃないかとか、世界が違うとか思って」

「そんな言い方するなよ。確かに見てきた景色は違うかもしれない、けど、そんなのお互い様だ」

「え……？」

『お互い様』？　その言葉の意味を問うように首を傾げると、玲央さんはまたまっすぐに答えてくれる。

「俺の見てきたものを知らないように、俺は杏璃が見てきたものを知らない。だから、伝え合って、これから先は同じ景色を見たいと願うんだよ」

「私が、見てきたもの……」

そう、だ。玲央さんがこれまで過ごしてきた世界を私は知らない。けれど、私がこれまで過ごしてきた日々も、玲央さんは知らない。

地元の景色、家族と過ごした家、大切な友達。それを伝え合って、そして〝これから〟、ふたり同じ景色を見たいと願ってくれている。

「同情とか思ってるかもしれないけど……考えてみろよ。そもそも、いくら相手が困っているからって、好きじゃないヤツを結婚相手に選んだりするか？」

「へ？」

言われてみれば、確かに。なんとも思っていない相手を〝嫁に〟なんて言うわけがない。けど、待って。それじゃあ、私にとって都合のいい答えしか思い浮かんでこないよ。

「……それって、つまり」

その答えを確かめるように言うと、玲央さんはふっと笑う。

「契約する前から、杏璃のことが好きだったってこと。嫁として雇う、なんて言い訳を用意するくらい」

そう言うと、顔を近づけてそっとキスをした。

この瞬間も、またひとつ、彼のことを初めて知る。

ずっと、想いを抱いてくれていたこと。その胸に、この存在があったのだということ。そのことがとても嬉しくて、込み上げる愛しさを伝えるように、私は彼の胸元をぎゅっと握りしめた。

過去の景色を伝え合って、互いのことをもっと知ろう。

今の景色は、隣に並んで一緒に見て、この先の未来も、ずっと、こうして過ごしていこう。悲しい思い出も、幸せな出来事も、ふたりで抱きしめて。

何年、何十年後も変わらず、あの家にふたりの笑い声とピアノの音色が響くように。

深い誓いを、この口づけに込めて。

番外編

つまさきに口づけを

あの日、玲央さんからの突然の婚約宣言を受けて、私は彼にとって本当の結婚相手となった。

夢のようだとも、自分でいいのかとも思う。けれど、未だ思い出すたびドキドキとするこの胸が、あの日のことが紛れもない事実なのだと教えてくれる。

そして、それからの私を待っていたのは、玲央さんの恋人として過ごす、甘い甘い毎日——のはず、だった。

あのパーティーの日から半月が経とうとしていた、とある日の夜。ノワールとともに過ごすリビングで、私はつけたままのテレビの音を聞きながら、玲央さんの帰りを待っていた。

ちらっと見上げた白い壁に掛けられた、ゴールドと白色の掛け時計は、〝十〟の数字を指している。今は夜、ということは当然、その時計が示す時刻は朝の十時ではなく夜の二十二時だ。

こんな時間にもかかわらず、玲央さんはまだ帰ってくる気配がない。

今日は朝早くから出勤していった玲央さんは、十九時には帰ると言っていた。けれど、なかなか帰らない彼から届いたのは『今から帰る』というメールではなく『悪い、付き合いで少し遅くなる』というメールだった。

というのも、『正式に結婚する』とあれだけ堂々と宣言した彼を、周囲が放っておくわけもなく。

あの日以来、結婚祝いだの、残り少ない独身生活の思い出にだの、さまざまな理由で食事や飲みに誘われることが一気に増えた。

結果、玲央さんは毎日のように出かけてしまう日々。そして私は、この大きな家でノワールとともに留守番ばかりの日々だ。

「はぁ……今日も玲央さん遅いね、ノワール」

ため息まじりにつぶやくと、足元のノワールが同意するように「クゥーン」と小さく鳴いた。

目を向けた先にあるのは、テーブルの上に置かれた、ラップがかかったお皿。長谷川さんから教わりながら、初めて自分で作ったハンバーグだ。

いつもなら食べるほう専門な私だけれど、たまには玲央さんに自分で作ってあげたいと思った。そんな気持ちも玲央さんを愛しく思うようになってからの心境の変化だ。

その気持ちを伝えたら、長谷川さんはふたつ返事で優しく料理を教えてくれて、形はややいびつで見栄えはあまりよくないけれど、精いっぱいの気持ちを込めたハンバーグができ上がった。

玲央さん、早く帰ってこないかなぁ。私が作ったんです、って言ったらきっと驚いてから笑うだろう、そんな彼を想像すると胸に愛しさが溢れた。

その時だった。玄関から、インターホンの音がピンポンと響いた。

「あ！　玲央さんだ！」

いつもなら自分で鍵を開けて入ってくるけど、家の鍵を忘れていってしまったのだろうか。

帰りを待ちわびていたことに加え、この時間にうちへ来る人、というだけで私の頭の中では玲央さんで確定してしまう。モニターを確認することもせずに、玄関へと走った。

「おかえりなさい！」

出迎えるように、大きな声と満面の笑みでドアを開けた。ところが、そこに立っていたのは玲央さんではなく、相変わらず仏頂面の、檜山さんだった。

てっきり玲央さんだとばかり思っていただけに、期待と違う顔に露骨にがっかりした顔をすると、檜山さんは『失礼な人だ』と言いたげにため息をついた。

「……すみませんね、社長じゃなくて」

「え!? い、いえ！ こちらこそすみません！」

まずい、さすがに失礼だったかも。

いつも以上に冷ややかな目を向ける彼に必死に笑顔を見せて誤魔化した。

「どうしたんですか？ こんな時間に、しかもひとりで」

一瞬玲央さんを送り届けに来たのかとも思ったけれど、家の前に停めてある車を見ればそこには誰も乗っていない。

となると尚更、彼がわざわざうちまで来る理由がわからなかった。

「社長の代理で札幌まで出張に行ってたんですけど、そこで社長宛てに手土産をもらったので。明日から俺、代休もあって連休なんで、とりあえずこれだけ持ってきました」

淡々と説明し、手にしていた紙袋を渡す檜山さんからそれを受け取る。

「札幌……いいですねぇ、カニ食べました？」

「俺カニって食いづらくて嫌いなんで」

「えっ！ その面倒臭さがまた醍醐味(だいごみ)じゃないですかー！」

とことん気の合わない彼に、口を尖らせ反論する。そんないつも通りの私に、檜山さんはなにかを言いたげにじっと見つめた。

「ん？　どうかしました？」

「いや、意外と元気だなと。プロポーズされたはいいけど多忙を理由に放置されて拗ねてると思っていたんで」

「うっ……」

って、ついさっきまでの私の心を完全に読まれている。

けれど檜山さん相手に『そうなんです～』と泣きつけばまた嫌な顔をされるのが目に浮かんだため、私は強がるように「ふんっ」と鼻で笑ってみせる。

「そんな子どもじゃないんですから。私だって、玲央さんが忙しいことくらいわかってますし、我慢くらいできます」

「ついでに食欲も少し我慢したほうがいいんじゃないですか。今はよくても徐々に加齢とともに体にきますよ」

「かっ⁉」

女性に年齢の話を持ち出すなんて、なんて失礼な！

「……前から思ってましたけど、檜山さんって私のこと嫌いですよね」

「嫌いではないですよ。まったく興味がないだけで」

「まさかの無関心ですか⁉」

嫌いでも好きでもない、というまさかの返答に、思わずつっこみを入れずにはいられない。

ひ、ひどい。さすがの私でも、まったく興味がないと言われてしまうとへこむ。

拗ねるような目つきで檜山さんを睨むけれど、それすらも彼にとってはどこ吹く風と言った様子でまったく気に留めやしない。

「なんていうか、三浦さんみたいなバカみたいに明るい人苦手なんですよね、体力吸い取られそうで」

「私が明るいんじゃなくて檜山さんが暗いんです！　檜山さんの根暗！」

ところが〝根暗〟のひと言はさすがに気に障ったらしい。檜山さんはジロッとこちらを睨むと、右手で私の頬を掴みタコのような口にさせた。

相手が玲央さんだったならかわいいじゃれ合いで済むかもしれないけれど、今の相手はあの檜山さんだ。頬を掴む骨っぽい手には容赦ない力が込められる。

「人を根暗呼ばわりする口はこの口ですか？」

「ごめんなさいごめんなさい！　やめてください、変な顔になるー！」

「大丈夫ですよ、もともと大した顔してませんから」

ちょっと！　どういう意味！

「あれ、檜山。ちょうど来てたのか」

現れたのは玲央さんだった。付き合いで軽く飲んできたのだろう。行きは車で出ていった彼は近くまでタクシーで来たらしく、声をかけられるまで私も檜山さんもまったく気づけなかった。

玲央さんは檜山さんが来ることを聞いていたのだろう。檜山さんの顔を見ても驚くことなくいたって普通だ。

が、檜山さんの顔から手へ、そしてその手に掴まれる私の顔へ、と視線を向けると徐々に驚きを見せた。かと思えば次の瞬間にはにこりと笑顔を見せる。

「杏璃も檜山も随分仲よくなったんだな」

一見にこやかな笑顔だけれど、目が笑っていないことから、その言葉には『そんなにベタベタするくらいになぁ？』という嫌味が含まれているのが感じられた。

って、もしかして、変な誤解されてる⁉

「え⁉　いや、これは……」

慌てて檜山さんから距離をとると、弁解しようと言葉を探す。

けれど玲央さんは遮るようにこちらへ近づき、私の肩を掴む。しっかりと掴まれたその力強さに、彼の心の中はやはり穏やかではないのだと実感した。

「檜山、手土産わざわざ悪かったな」

「いえ。じゃあ自分はこれで」

それを察してか、檜山さんはそれ以上なにも言わずに「失礼します」とその場を後にした。

車に乗り去っていく檜山さんを完全に見送ると、玲央さんは無言のまま家の中へと入る。

「れ、玲央さん？　あの……」

「……疲れた。先風呂入る」

先ほどの笑顔はやはり作り物だったのだろう。一瞬にして無表情になった彼は、その短い言葉とともに私に鞄を預け浴室の方へと向かう。

あぁ、これは完全に怒ってる！　でも怒るってことは、ヤキモチを妬いてくれているということ？

そう思うとちょっと嬉しい、なんて言ってる場合じゃない！

誤解されたままでいいわけもないし、不機嫌なままなのも気まずい。謝らなくては。

私は慌てて彼を追って浴室へと向かう。

「れ、玲央さーん……入ってもいいですか？」

「……なにか用か？」

「へ？　あっ、えーと……タオル！　脱衣所に置いておくの忘れてて！」

とっさに思いついた言い訳とともに、近くの棚に置いたままだったタオルを手に取り脱衣所のドアを開けた。

洗面台と洗濯機、乾燥機が置かれた脱衣所。ワイシャツを脱いだ怜央さんは、上半身裸の姿でこちらを見た。

普段は服の下に隠れている、ごつごつとしたたくましい体。何度か目にしているとはいえ、明るいところでこうして見るとまたドキッとしてしまい、私はドアの陰に隠れた。

「おい、なに隠れてるんだよ。タオルは？」

「やっぱり後で置いておきますから！　早くお風呂入っちゃってください！」

謝りたくて自分で押しかけたのに、裸ひとつで怯んでしまうなんて、自分の異性への不慣れさが憎い。

赤らむ頬を押さえていると、ドアの向こうで玲央さんが意味がわからなそうに首を傾げている姿が想像ついた。

ドア越しになってしまうけれど、言わなくちゃ。私は息をひとつ吸い込み、声を発した。

「あの、玲央さん……さっきのこと、なんですけど。別に私、檜山さんと仲よくなんてないですから！　そもそも檜山さん私のこと好きじゃないみたいですし、さっきのだって……」

あまり一気に話すと、言い訳がましく聞こえてしまうかもしれない。けれど、誤解されたくないという気持ちから言葉が止まらない。するとドアの向こうからは玲央さんの「別に」と低い声が聞こえた。

「変に疑ってるとかそういうわけじゃない。……ただ、少し檜山が羨ましく見えただけだ」

「へ？」

檜山さんが、羨ましく？

その言葉の意味がわからず、きょとんとしてしまう。

「……早く杏璃に触れたいと思って、食事会も切り上げて帰ってきたのに。そこで他の奴がお前に触れてたら、嫉妬もする」

聞こえてくるその声は、いつものはっきりとした物言いとは違う、少し弱い声。

きっと、照れているのだろう。恥ずかしそうに右手で口元を隠す玲央さんを想像すると、胸がきゅうっと掴まれた。

あぁ、なんて愛しいんだろう。

込み上げるその思いを抑えきれず、私はつい脱衣所のドアを思いきり押し開けた。

「なっ⁉　杏璃⁉」

そして驚く玲央さんに、構わず、後ろからぎゅっと抱きついた。抱きつく腕に力を込めると、少し低い彼の体温を感じる。

触れたいと、思ってくれていた。檜山さんを羨ましいなんて思うほどに。

そんな彼が愛しくてたまらなくて、寂しさや一緒にいたいという気持ちを抱えていたのは自分だけじゃなかったんだと気づいた。

そんな私に、玲央さんは困ったように笑うと、こちらを向いて正面から私を抱きしめた。

「好きだよ、杏璃。世界で一番、大好きだ」

抱きしめる腕は力強く、けれど頭を撫でる手は優しい。

その手に甘えるように、私は彼の固い胸へ顔を押し付ける。

「……いつでも、考えてます。玲央さんのことばっかり」

私も、想ってる。笑って、怒って、呆れて、さまざまなあなたの表情ばかりを、胸に浮かべている。

その愛を伝えるようにつぶやくと、玲央さんは右手を私の頬に添え、顔を上げさせた。そして小さく微笑むと、そっと優しいキスをした。

触れるだけのキスをして、次にしっかりと口付ける。吸い付くように絡める舌に、全身がゾク、と昂ぶった。

すると彼は、そのまま、私が着ていた服にそっと手をかけ脱がせようとする。

「って！　待ってください！　なにしてるんですか！」

「せっかくだし一緒に入るぞ。隅々まで洗ってやる」

「やだー！　変態ー！」

逃げようとするけれど、頭ひとつ大きな玲央さんにしっかりと抱きしめられては身動きひとつ取れない。

さらに彼は私の抵抗を塞ぐように、再びまた甘いキスをした。

「……ん……」

あぁ、もう、反則。

観念したように彼に身を預けると、服を一枚ずつ脱がされ、ふたりきりの浴室には甘い声が響いた。


「杏璃、これ」

それからどれほどの時間が経っただろうか。ひと足先に浴室を出た玲央さんに続き、同じボディーソープの香りを漂わせながらリビングへと出た私に、小さな箱が差し出された。

「これ、って……なんですか？　これ」

「開ければわかる」

とりあえずソファに座り、言われるがまま、彼の差し出す白い箱を開けると、中には青いケースが入っている。

これって、もしかして。この中になにがあるかを想像しながらケースを開けると、そこには小ぶりのダイヤモンドがきらりと輝く、銀色の指輪があった。

「これ、って……」

「指輪。そういえば渡してなかったと思ってな、オーダーしておいたのが今日でき上がったから昼間取りに行ってきた」

そう言うと、玲央さんは私の左手薬指に指輪をそっとはめた。

サイズは驚くほどぴったりで、ネイルのひとつもしていないまっさらな指に、もったいないくらい綺麗な指輪が輝く。

まだ驚きが大きく、まじまじと指輪を見つめるしかできない私を前に、玲央さんは床にひざまずくと私の左手をとった。

そして、指輪が輝く薬指にそっとキスをする。

「改めて、言わせてほしい。俺と、結婚してください」

輝く指輪と、触れる唇。そして、プロポーズの言葉。それらに、胸には幸せが込み上げ泣きそうになってしまう。

けれど今は、その想いに笑顔で応えたいから。涙をこらえて、私は笑顔で頷いた。

「はい……喜んで」

楽しいことばかりではないかもしれない。これからもきっと寂(さび)しい時もあって、悲しいことも、傷つくこともあるかもしれない。

だけどそれでも、あなたとなら大丈夫って、そう思えるから。

そっと優しいキスをして、今日もふたり、指を絡めて眠ろう。

ふたりが寄り添い続ける、未来を夢に見ながら。

特別書き下ろし番外編

愛のかたち

玲央さんから婚約指輪を贈られ、幸せいっぱいの毎日。

あれから半月ほどして、私は玲央さんと青森にある私の実家に行き、初めて両親に結婚の報告をした。

これまで結婚どころか彼氏がいることすら話しておらず、さらには相手が都内のホテルのオーナー社長と聞いたものだから、両親はただただ驚くばかり。けれど『食べてばかりのふつつかな娘ですが』と思った以上にすんなりと結婚を認めてくれたのだった。

そんな両親の反応も意外だったけれど、それ以上に意外だったのが、玲央さんが終始緊張した面持ちだったこと。いつも余裕のある笑みを浮かべている彼が、愛想笑いも上手くできないほどに緊張感を漂わせていた。

帰りの新幹線でそのことを問いかけると、『そりゃあ俺だって、恋人の両親の前で緊張くらいする』と照れた玲央さんがかわいらしくてつい笑ってしまった。

両親にも認めてもらえて、玲央さんの意外な一面も見られて、幸せだなぁ、って、心から思えた。

そんな穏やかな日々から、一転。

とある日曜日の午後。私は試練の時を迎えていた。

「杏璃、着いたぞ」

「は、はい……！」

玲央さんのその言葉を合図に、止まった車のドアを開ける。

白いパンプスのヒールをコツ、と鳴らし地面に降り立てば、目の前には横長の大きな家がどんと構えていた。

「お、大きい……」

驚きのあまり声を漏らしながら見上げたのは、青山の一等地に建つ白と黒の外壁がシックなデザインの家。

緑が敷き詰められた庭と隣の車庫も含めると、私が以前住んでいたアパートの敷地以上に広い。その家の門には『ＴＡＣＨＩＢＡＮＡ』の文字が彫られたプレートが輝いている。

そう、今日はついに玲央さんのご両親への挨拶へとやってきたのだ。

自分の両親のもとへ挨拶に来てもらった、ということは次は自分が挨拶へ向かう番だ。わかってはいたけれど、いざその日を迎えると緊張でいっぱいで昨夜はあまり眠れなかった。

メイクとネイルは控えめに、髪も念入りにセットして、新品の明るいベージュ色のワンピースをおろした。

手土産にと一押しの洋菓子店でお菓子も買ってきたけど、あぁ、いつもなら箱を見ただけでヨダレが出そうになるのに、今日は緊張で胸がいっぱいでそれどころじゃないや。

バクバクと鳴る心臓を抑える私の胸のうちを察するかのように、怜央さんがポンッと頭を撫でた。

「落ち着け。大丈夫だから」

「落ち着けって言われても……恋人の両親の前では緊張くらいするって自分も言ってたじゃないですかー！」

先日の緊張していた自分を思い出しているのだろう、玲央さんは「まぁまぁ」と苦笑いでなだめた。

「行くぞ」

そして私の背中をそっと押して、庭を抜けると、大きなドアを開ける。玲央さんが

「ただいま」と声をかけると、少しして奥のドアが開けられた。

姿を現したのは、背の高い男性。眼鏡をかけ、白髪交じりの髪をした六十代くらいのその人は、玲央さんを見るとにこりと柔らかな笑みを見せる。

この人、もしかして——。

「玲央。おかえり」

「ただいま、母さんは？」

「こっちにいるよ。上がりなさい」

玲央さんと会話を交わすと、その目はこちらへと向けられた。

「初めまして。玲央の父です」

「あっ、はっ初めまして！　三浦杏璃と申します！」

やっぱり玲央さんのお父さんだった！

慌てて深々と頭を下げる私に、玲央さんのお父さんは「ふふ」と笑う。

「と言っても実は『初めまして』じゃないんだけどね。この前のパーティーで玲央が婚約宣言した時に、姿見てたから」

「え!?　あっ！」

そういえば、あのパーティーは玲央さんの会社の親会社主催の親睦会だった。あの時は玲央さんと自分のことで頭がいっぱいですっかり忘れてしまっていたけれど、玲央さんのお父さんもあの場にいたんだ！

　突然の玲央さんからの婚約宣言にきっとマヌケな顔をしていただろう自分を想像して、恥ずかしくなってしまう。

「あの日はご挨拶もせずに申し訳ありません……！」

「いいえ、私も挨拶回りで慌ただしくて玲央とすらも話ができなかったから」

　穏やかな雰囲気の玲央さんのお父さんは、にこにこと笑う。

「それにしても玲央が、大勢の人の前であれだけ堂々と婚約宣言をするなんて……大人になったなぁ。感動したよ」

「父さん。余計なこと言わなくていいから」

　子ども扱いが恥ずかしいのだろう。玲央さんは照れ臭そうに言うと、靴を脱ぎ家に上がる。それに続くようにパンプスを脱ぐと、綺麗に磨かれたフローリングに用意されたスリッパに足を通した。

「母さん、玲央がお嫁さんと来たよ」

　そう言いながら玲央さんのお父さんがドアを開けると、そこには白を基調としたまるで外国の映画に出てくるような部屋が広がっていた。

三十畳以上はあるだろう室内は天井が高く開放感に包まれている。頭上には大きなシャンデリア、向かい合って置かれた白いソファの横には暖炉と、いかにもなお金持ちの家だ。

「わぁ……」と声を漏らすしかできず室内を落ち着きなく見回していると、隣で玲央さんが苦笑いを見せた。

「あら、おかえり。玲央」

出迎えてくれたその声に、私たちは顔を向ける。

そこにいたのは、黒いワンピースにグレーのショールをまとった女性。

この人が玲央さんのお母さんなのだろう。

百七十センチ近くはありそうな長身に、すらりとした細い体。カールのかかった茶色い髪をした、見た目五十代くらいのお母さんは、玲央さんそっくりの顔をしている。

ま、まさしく女版玲央さん‼

玲央さんの綺麗な顔はお母さん似だったんだなぁ。お父さんに似てもかっこいい顔だっただろうけれど。

赤い口紅がよく似合う、玲央さんのお母さんを惚れ惚れと見つめていると、その目がこちらへ向けられた。

はっ！　挨拶！

「初めまして、三浦杏璃と申します！」

先ほどお父さんに対してもしたように、深々と頭を下げた。すると玲央さんのお母さんは玲央さんと同じ薄茶色の瞳をこちらへ向けた。

「初めまして。あなたの話は主人や玲央から聞いているわ。かわいくてとてもいい子だ、って」

「え⁉」

か、かわいくていい子⁉

まさかいきなりそんな言われ方をするとは思わず、驚きと嬉しさで口元が変に歪む。

「で？　あなたはどんなお仕事をされてるのかしら？」

「へ？」

ところが、さらに唐突に投げかけられた問いが、一瞬喜びかけた心を現実に引き戻す。

「し……仕事、ですか？」

「もちろん玲央につりあうような立派なお仕事をされてるのよね？　あとご実家はどちら？　ご家族はどんなお仕事を？　趣味は？　音楽には詳しいのかしら？　資格

は？　特技は？　家事や料理の腕前は？」

立て続けに問い詰められ、私はただ「えっ」「あっ」と声を出すことしかできない。

これは、瑠奈さんの時と同じように、玲央さんの結婚相手に相応しいか見定められてる⁉

すると玲央さんが呆れたように息を吐く。

「……母さん、その辺はこの前俺から話しておいただろ。そんな言い方して杏璃を困らせるのやめろよ」

って、そうだったの⁉

どうやら、私が誇らしく答えられないとわかっていて聞いていたらしい。玲央さんにきつい口調で叱られ、玲央さんのお母さんは「ふん」とふて腐れるように顔を背けた。

睨む玲央さんと、子どものようにふて腐れたお母さん、そんなふたりを慣れた様子で見守るお父さん。そして戸惑うしかできない私。

ま、まずい。怪しい空気になってきてしまった。

なんとかしなければ、と別の話題を探し、そういえばと持ってきた手土産のことを思い出した。

「あっ！　これ、つまらないものですがどうぞ！」

手土産に持ってきたのは、お気に入りの洋菓子店の限定品であるクッキーの詰め合わせ。少々値段は張るけれど、その価値ありと思ってしまうほどおいしい。

そのクッキーが入った紙袋を手渡すと、それまで黙って見守っていた玲央さんのお父さんが嬉しそうに笑って受け取った。

「わざわざありがとう。気を遣わせてしまって悪いね」

「いえ！　玲央さんから、お母様がクッキーが好きだとお聞きして……私の一番おすすめの洋菓子屋さんのクッキー、とってもおいしいので食べていただきたくて！」

そう。都内だけでもおいしいお菓子はいくつもある。その中でクッキーを選んだのは、玲央さんが『うちの母さんクッキー好きなんだよな』となにげない会話の間に言っていたことからだった。

込めた気持ちから、満面の笑みで言う。玲央さんのお母さんは、一瞬驚きを見せながらもすぐハッとして、顔を背けた。

「そうやって付け入ろうとしても無駄なんだから。私は、あなたみたいな子絶対認めないわ」

「えっ！　いえ、付け入ろうとは……」

「私向こう行くから。話ならあなたたちで勝手にしてちょうだい」

お母さんはそう言うと、スタスタとリビングを後にしてしまった。

行っちゃった。

追いかけるべきか、そっとしておくべきか。戸惑うしかできずにいると、隣に立つ玲央さんは困ったように深いため息をついた。

「ったく……子どもかよ。杏璃、悪いな。気にしなくていいから」

「いえ、私はいいんですけど……」

フォローをしてくれる玲央さんに続くようにお父さんも、「本当ごめんね」と小さく笑う。

「大丈夫。うちの母さん悪い人ではないからさ。なんだかんだ言っても結婚しちゃえば嫌でも認めざるを得ないよ」

結婚しちゃえば、か。確かに、そうかもしれない。

今は無理でも、これから何年何十年と時間を経て、なんとなく仲よくはなれるのかもしれない。けれど、そんな曖昧な状態で結婚式を迎えるなんて、玲央さんも玲央さんのお母さんも、どんな気持ちだろう。

私だったら、やだな。自分の親に結婚を喜んでほしいって思うし、自分の子どもの結婚を素直に喜びたいと思う。

だから、曖昧なままじゃ嫌だ。

「玲央さん、ごめんなさい！　私ちょっとお母さんと話してきます！」

「は⁉　杏璃⁉」

驚く玲央さんの方を振り向きもせず、私は小走りでリビングを出ると、玲央さんのお母さんが向かっていった方向へ向かう。

長い廊下を抜けると、突き当たりにガラス張りのドアがある。そこからは木々で覆われた庭があり、その真ん中には横長い形のプールが見えた。

ぷ、プール‼　日本の家で庭にプールなんて、初めて見た。

本当に豪邸だなぁ、とまた驚いていると、そのプールの手前に立つ玲央さんのお母さんの姿がある。

玲央さんのお母さん、ここにいたんだ。

プールの手前にただ立っているだけなのに、モデルのように美しい後ろ姿と現実離れした景色のせいで、映画のワンシーンのように感じられた。

なにしてるんだろう。邪魔しちゃったら、悪いかな。けど、ふたりきりなら落ち着いて話せるかな。

そう思い、キィ、とドアを開けて庭へ出た。

その音で私の存在に気づいたらしい玲央さんのお母さんは、横目でこちらを見てすぐ目を逸らす。

「……なによ、追いかけてきたりして。どうせ玲央になにか言われたんでしょ」

「いえ……私がお母さんと、きちんと話をしたくて」

一歩近づくと、それ以上踏み込ませないようなピリピリとした空気が漂う。

「なにを言われても認めないわ。あなたみたいな普通の子、絶対苦労するもの。どうせすぐ嫌になって逃げ出すわ」

認めない、苦労する、逃げ出す。立て続けに突きつけられる否定的な言葉。

そうかもしれない、苦労して嫌になってしまうかもしれない。だけど、それでも。

「にっ……逃げません！　玲央さんにつりあわないことも、わかってます。でも私は、玲央さんといたいんです。そのためなら、どんなことにも耐えます」

私と向き合い、受け止めてくれた玲央さんと一緒にいたいから。つりあわないかもしれない、相応しくないかもしれないけれど、私をまっすぐに思ってくれる彼といたいんだ。

そんな思いを知ってほしいから、伝えよう。

「軽々しく言わないで！　なんの覚悟もないくせに！」

玲央さんのお母さんはこちらを勢いよく振り向くと、感情をぶつけるように声を荒らげる。

「周りからどんな目で見られるか、なにを言われるかっ……なにもわからないから、そんなこと言えるのよ‼」

周りからの、目？　それは、もしかして――。

玲央さんのお母さんの真意が微かに見えた気がしたその時だった。

感情的になるあまり、体のバランスを崩してしまったのだろう。プールサイドに立つその体がぐらりと揺れて、後ろへひっくり返る。

「きゃっ……」

「あっ！」

お母さんの背後には、綺麗な青色の水が張られたプール。近くに掴まるものもない。

危ない、このままじゃ落ちる。そう思った瞬間、とっさに足は駆けだしていた。

その体が傾き、自分が駆けつけるまでがスローモーションのように感じられる中、私は必死に腕を伸ばし、玲央さんのお母さんの腕を掴む。

その腕の細さを感じるよりも先に思いきり引っ張り、体をプールサイドに引き戻した。

ところが、玲央さんのお母さんの体はその場に留まったものの、代わりに勢いついた自分の体がそのままプールへ飛び込んでしまう。

お、落ちる！

「杏璃‼」

その時、今度は誰かが私の腕を掴む。

振り向けば、そこには追いかけてきたのだろう玲央さんが、私を助けようと腕を掴んでくれていた。

「玲央さんっ……」

けれど、あまりにもとっさの出来事に水面へ向かう私の体を掴み止めることはできなかったようだ。

感動したのもつかの間、玲央さんと私はまるでコントのように、ふたり一緒にプールへ落ちた。

バシャン！と勢いのいい音とともに、水しぶきが上がる。

「杏璃、大丈夫か？」

「っ……げほっ、ごほっ、は、鼻に水入ったぁ……」

鼻の奥にツンとする痛みを感じながら咳き込む私の肩を抱き、玲央さんは深いプールの中を移動する。

「ったく、なんでいきなりプールに飛び込んでるんだよ」

「あ、あはは……勢いあまって」

叱りながらも安堵した様子で、彼は私をプールサイドへ持ち上げた。

「玲央！　杏璃ちゃん！　ふたりとも大丈夫⁉」

さらに後から駆けつけてきた玲央さんのお父さんに苦笑いで応えると、玲央さんもプールから上がる。そんな私たちの前に立つ玲央さんのお母さんは、言葉には出さないものの不安そうな目で私たちを見た。

「あっ、お母さん大丈夫でしたか⁉　すみません、いきなり思いきり腕引っ張っちゃって……」

今思えば必死だったこともあり結構力強く腕を引っ張ってしまった。それを詫びる私に、玲央さんのお母さんは大きく驚いた顔を見せる。

「ばっ……バカじゃないの⁉　私のことより自分のことでしょ⁉」

「いえ！　でもバイオリニストだってお聞きしたので、腕にもしものことがあったら！」

真面目に力説する私を、お母さんは「どこまでお人好しなの！」と怒る。怒った顔もやはり玲央さんそっくりだ。

そこになだめるように玲央さんのお父さんが「まぁ、まぁ」と声をかけた。

「母さん落ち着いて。ふたりとも、体拭いて中入ろう。風邪ひいちゃうから」

玲央さんのお父さんは、とりあえずと近くにあった白いタオルを一枚玲央さんに渡す。すると玲央さんはまずそれで私の頭を拭いてくれた。

「玲央さん、まず自分を拭いてください。風邪ひいちゃいますよ」

「いいから。黙って拭かれとけ」

有無を言わさぬその言い方に、反論できずおとなしく頭を預けると、玲央さんはまるでノワールの体を拭く時と同じように、ガシガシと私の頭を拭いた。

そんな私たちに、少し冷静になったらしい玲央さんのお母さんは口を開く。

「……どうして、庇(かば)ったりしたの」

ぼそっとつぶやくように投げかけられた問いかけ。

どうして？　そんなこと。理由はひとつしかない。

「だって、誰かが危ない時に助けたいって思うのは当然じゃないですか。それが、大切な人のお母さんなら尚更ですよ」

認めてもらえなくても、向き合ってもらえなくても。大切な人の大切な家族は、私にとっても大切な人。だから、危ない時には手を伸ばすし、助けたいって強く思う。それに。

「それに、さっき思ったんですけど……お母さん、私のことが嫌いっていうより、私のことを思って拒んでくれてる気がして」

初めは私がなんのとりえもない、家柄もない、だから認めないと突っぱねているように感じていた。けれど、さっきのお母さんの言葉を聞いて思ったんだ。

『周りからどんな目で見られるか、なにを言われるかっ……なにもわからないから、そんなこと言えるのよ‼』

その言葉は、私の身になって考えてくれていること。

「思い上がりかも、しれないですけど」

言い切ったくせに自信をなくして笑う私に、玲央さんのお母さんはいっそう驚き、表情を見られぬように下を向く。

「……私も、結婚した時は主人のことが好きって一心だった。けれど、会社経営に携わらなかったことで、主人の親戚や周りからはあれこれ言われたわ」

「あれこれ……って、いうのは」

玲央さんも聞いたことのない話だったのだろう。低い声で問いかける。

「バイオリニストとして活動すれば、『社長にはもっときちんと仕事を支えてくれるような相応しい人がいたんじゃないのか』。自主公演をすれば『公演資金をたかるために社長を選んだんじゃないか』。なにかにつけて言いたい人はいるのよ」

もっと、相応しい人が。お金目当てじゃないか。純粋に相手を愛して結婚したのにそんなことを言われるなんて、ひどい。悲しすぎるよ。

自分の立場に置き換えて、胸がぎゅっと苦しくなる。それとともに、自分もこの先同じことを周りから思われたり言われたりするだろうことも簡単に想像がついた。

「けれどそれでも、私にはバイオリニストとしての立場があった。なにを言われても、この腕で黙らせてきたの」

周りになにを言われても強くいられたのは、その手にバイオリンがあったから。それ以上の文句を言わせないくらいのバイオリニストとしての名誉や腕前で、ひとり戦ってきたのだろう。

だけど、それが私だったら？

会社を支えることもできず、取り柄と言えることもない。お金目当てだと周りに言われたとして、『違う』という言葉をどれほどの人が信じてくれるだろう。

想像から、不安が心を覆う。

それと同じことを思ってくれているらしい、玲央さんのお母さんは華奢な手で拳をぎゅっと握った。

「……もし、あなたが同じ立場になった時、どうなってしまうだろうって。そう思ったら、私も苦しくて」

拒む言葉や態度は、私の心を思ってくれてのことだった。

その不器用な優しさは、どこか玲央さんに似ている気もした。

それを感じた時、玲央さんのお母さんは、初めてこちらをまっすぐに見て向き合ってくれた。

「あなたがいい子なのは、わかってる。あなたのおかげで、玲央がまたピアノを弾けるようになったって聞いた……それよりなによりも、玲央が選んだ子だもの」

「お母さん……」

「だからこそ、この先、つらい思いをするとわかっていて、結婚を認めるなんて言えなかった……」

これまで自分が経験してきた気持ちを思い出しているのだろうか。玲央さんのお母さんは泣き出しそうな顔で言葉をしぼりだす。

そんなお母さんを前に、隣に立つ玲央さんは私の肩をそっと掴んだ。

「……母さん、大丈夫だから」

「玲央……」

「この先、周りになにを言われても、どんな風に思われても、関係ない。どんな時だって俺が絶対に杏璃を守るから、安心してほしい」

まっすぐな目をお母さんに向け、しっかりとした口調で言い切った玲央さんに少し驚いてしまうけれど、それ以上に嬉しさが込み上げた。

どんな時も、玲央さんがいる。それだけで、不安も恐れも消えてしまう。

大丈夫、大丈夫だよ。肩を抱く大きな手、彼のその存在ひとつで、この心は強くいられる。

「それに杏璃自身も、よそのホテルのオーナーにシャンパンひっかけて啖呵切るような怖い女だし」

「ちょっと！　言わないでくださいよ！」

って、またそんな余計なことを言う！

キッと玲央さんを睨むと、彼は『事実だろ』と言いたげに笑う。

そんないつも通りのやりとりをする私たちを見て、それまで険しい表情ばかりだった玲央さんのお母さんが、ふっと笑みをこぼした。

「それは、頼もしいわね」

柔らかなその笑顔はとても綺麗で、かわいらしい。

つられて笑みをこぼすと、ずっと張りっぱなしだった緊張の糸が緩んだのか、私のお腹からは〝ぐうううぅ〜〟と大きな音が鳴った。

「あっ！　すみません、今朝朝ごはん食べそびれちゃって……」

もう、こんな時にまで私のお腹は！

本当に空気が読めないいんだから、と照れる私に、玲央さんたち三人は「ははっ」と笑った。

「じゃあ、杏璃ちゃんがくれたクッキーでお茶にしようか。その間にふたりとも着替えておいで」

「お昼ご飯も用意するわ。なにがいいかしら」

明るい声で話しながら、私たちは四人肩を並べて家の中へと戻っていく。

せっかく気合を入れて巻いた髪も、メイクも崩れて、新しい服もびしょ濡れ。結婚の報告に来たはずが、ひどい格好になってしまったと思う。

けれど、それでも幸せだな。

自分を守ると言い切ってくれた人がいる。自分を思ってくれていた人がいる。その心が嬉しく、愛しい。胸にまたひとつ、あたたかな気持ちが込み上げた。

こうして、一つひとつ気持ちを伝えあい、家族になっていくんだ。そしてその思いは、これから先、ずっとずっと同じようにつながっていく。

いつか、自分の子どもたちにも同じような気持ちを与えられたらいいな。そうやって、幸せの輪が広がっていったら、どんなに素敵だろう。

そんな、まだ見えない未来に思いをはせた。


それからは、ただただ忙しい日々だった。

両家の顔合わせをし、以前記入した婚姻届を提出し、結婚式の準備——。

合間にもちろん家のことをしながら、時には長谷川さんから料理を教わり、休日には玲央さんからピアノを教わった。

それから一年ほど後のこと。

七月のよく晴れた日曜日。空には雲ひとつない快晴が広がり、風もほどよく心地いい。

そんな天気の中、私はひとりガーデンタワー東京の一室、ブライダル用の準備室にいた。

鏡には、ふんわりと裾が膨らんだ真っ白なドレスに身を包んだ自分の姿が映る。

「杏璃、準備できたか？」

コンコン、とドアをノックする音とともに聞こえた声が玲央さんのものだと察すると、「はい」と返事をした。

するとドアの向こうから、真っ白なタキシードを着た玲央さんが姿をあらわす。ただでさえかっこいい彼が、いつもの何十倍もかっこよくて、自分の夫相手だというのに惚れ惚れと見惚れてしまう。

「く……悔しいくらいかっこいいです」

感想をそのまま言葉にすると、玲央さんは「悔しいくらいって」とおかしそうに笑った。

そして今度は、彼が私の姿を確認するように上から下までまじまじと見つめる。

「うん、やっぱりいいな。そのドレス。杏璃用にオーダーしただけあってよく似合ってる」

「別にレンタルでもよかったのに……ドレス代、もったいないですし」

「もったいなくなんてない。一生に一度しか着られないんだぞ」

玲央さんはそう言って笑うと、メイクを終えた私の、チークでほんのりと色づいた頬をそっと撫でる。

「杏璃、入場の時に転ぶなよ。お前そそっかしいから心配だ」

「わかってます。式の時くらい落ち着きます」

「あと挙式中は腹鳴らすなよ。披露宴も食いすぎて参列者引かせるなよ」

「もう！　わかってます！　緊張してるんですからそんな余裕ないです！」

結婚式直前に甘いささやきどころか、そんな色気のない注意をされるなんて！

言われなくてもわかっていることばかりだけれど、確かに食べ過ぎには気をつけようと再度肝に銘じておく。

「杏璃」

「だからなんです……」

次はなに、と聞き返そうとした、その時だった。玲央さんは隙をつくようにキスをして私の唇を塞ぐ。

驚き「ん！」と声を出すと、茶色い瞳が嬉しそうに細められた。

「好きだよ。これから先も、ずっと」

子どものようにいたずらな笑顔を浮かべながら彼が言った飾らないひと言は、この胸にスッと溶け込みまた愛しさを感じさせる。

「私も、玲央さんが好きです。これからも、ずっと」

青空の下、大きな鐘の音が響く。

たくさんの笑顔と、祝福に包まれて、私たちは誓い合う。これから先もずっと続く道を、夫婦として手を取り合い生きていくことを。

つらく悲しい日も、幸せと喜びの日も。どんな瞬間も、いつまでも。

そんなふたりの思いに重なるように、優しいピアノの音色はいつまでも鳴り響いていた。

END.

あとがき

こんにちは、夏雪なつめと申します。

このたびは本作をお手にとっていただき、ありがとうございました。

大食い女子・杏璃とイケメンオーナー社長・玲央の契約結婚、いかがでしたでしょうか。

いつもとっさな思いつきでお話を書き始める私ですが、今作を書き始めたきっかけは「洋館に住む御曹司が書きたい！」という衝動からでした。趣のある洋館に住んでいて、ピアノもあって、犬も飼っていて——と思いつくままに書いていった結果、主人公である杏璃よりも先に、玲央というキャラクターが生まれました。

これまでの作品と比べて食事シーンが多く、書いていてとてもお腹が空くお話でしたが（笑）ラブコメタッチで楽しく書けたお話だったと思います。少しでも楽しんでいただけましたら嬉しいです。

最後に、今回このお話がたくさんの方のおかげで一冊の本になりましたことに心より感謝を申し上げます。

前作に引き続きお力添えくださった、担当の増子様。編集協力の根本様。いつもお世話になっております、ベリーズカフェ編集部の方々。表紙に素敵な杏璃と玲央を描いてくださった藤那トムヲ様。そしていつも応援してくださる皆様。

本当に本当に、ありがとうございました。

これからも〝執筆を楽しむ〟をモットーに書いていけたらと思いますので、どうぞよろしくお願いいたします。

またいつか、お会いできることを祈って。

夏雪（なつゆき）なつめ

夏雪なつめ先生
ファンレターのあて先

〒104-0031
東京都中央区京橋1-3-1
八重洲口大栄ビル7F
スターツ出版株式会社　書籍編集部　気付

夏雪なつめ先生

本書へのご意見をお聞かせください

お買い上げいただき、ありがとうございます。
今後の編集の参考にさせていただきますので、
アンケートにお答えいただければ幸いです。

下記URLまたはQRコードから
アンケートページへお入りください。
http://www.berrys-cafe.jp/static/etc/bb

旦那様と契約結婚!?

～イケメン御曹司に拾われました～

2017年4月10日　初版第1刷発行

著　　者　夏雪なつめ

発 行 人　松島 滋

デザイン　hive & co.,ltd.

校　　正　株式会社　文字工房燦光

編集協力　根本美保子（TURBAN）

編　　集　増子真理

発 行 所　スターツ出版株式会社
〒104-0031
東京都中央区京橋1-3-1　八重洲口大栄ビル7F
TEL　販売部　03-6202-0386（ご注文等に関するお問い合わせ）
URL　http://starts-pub.jp/

印 刷 所　大日本印刷株式会社

Printed in Japan

ISBN 978-4-8137-0234-4　C0193

ベリーズ文庫 2017年4月発売

『イジワル上司に焦らされてます』 小春りん・著

デザイナーの蘭は、仕事一筋で恋とは無縁。隣の席の上司・不破は、イケメンで色っぽい極上の男だけど、なぜか蘭にだけイジワル。七年もよき上司と部下だったのに、取引先の男性に口説かれたのがきっかけで「男としてお前が心配なんだ」と急接近！　甘く強引に迫る不破に翻弄される蘭だけど……!?

ISBN 978-4-8137-0233-7／定価：本体630円＋税

『旦那様と契約結婚!?～イケメン御曹司に拾われました～』 夏雪なつめ・著

25歳の杏璃は生まれつき〝超〟がつくほどの大食い女子。会社が倒産してしまい、新しい職探しもうまくいかず、空腹で座り込んでいるところを、ホテルオーナーの立花玲央に救われる。「いい仕事を紹介してやる」と乗せられて、勢いで契約書にサインをすると、それは玲央との婚姻届けで…!?

ISBN 978-4-8137-0234-4／定価：本体630円＋税

『秘書室室長がグイグイ迫ってきます!』 佐倉伊織・著

OLの悠里は大企業に勤める新米秘書。上司の伊吹は冷徹人間で近寄りがたいけど、仕事は完璧だから密かに尊敬している。ある日、悠里が風邪を引くと、伊吹が家まで送ってくれることに。しかも、いきなり「好きだ」と告白され、「必ずお前を惚れさせる」と陥落宣言!?　動揺する悠里をよそに、あの冷徹上司がものすごく甘くって…!?

ISBN 978-4-8137-0235-1／定価：本体630円＋税

『御曹司の溺愛エスコート』 若菜モモ・著

昔の恋人・蒼真と再会した桜。さらに凛々しく、世界に名を馳せる天才外科医になって「まだ忘れられない」と迫る蒼真とは裏腹に、桜はある秘密のせいで距離を置こうとする。けれど泥棒の被害に遭い、蒼真の高級マンションに身を寄せることに。そこで溺愛される毎日に、桜の想いも再燃して…!?

ISBN 978-4-8137-0236-8／定価：本体640円＋税

『強引上司と過保護な社内恋愛!?』 悠木にこら・著

恋愛ご無沙汰OLの泉は、社内一人気の敏腕イケメン上司、桧山から強引に仕事を振られ、翻弄される毎日。ある日、飲み会で酔った桧山を介抱するため、彼を自宅に泊めることに。ところが翌朝、目を覚ました桧山に突然キスされてしまう！　以来、甘くイジワルに迫ってくる彼にドキドキが止まらなくて…?

ISBN 978-4-8137-0237-5／定価：本体650円＋税

書店店頭にご希望の本がない場合は、書店にてご注文いただけます。